ドリームタイムの恋人

~交錯する過去の罪たち~

葉月とも
HAZUKI Tomo

文芸社

（一）

サキは、殺されかけたことがある。中学校の階段の踊り場で、彼女の背中をドンと後ろから押したのは、母だった。しかしサキは、自分には彼女を非難する資格がないと思っている。だって五歳のとき、サキは赤ん坊だった妹の日菜子を窒息死させたのだから……。

あの日は、窓ガラスから差し込む夕陽がギラギラと眩《まぶ》しくて、肩越しの母の顔がよく見えなかった。階段を下りようとした瞬間、体が宙に浮いて、サキは階段の下まで転げ落ちた。気がつくと病院にいて、目の前に父の顔だけがあった。

「咲、だいじょうぶか」

と訊《き》く父の顔には、ある種の憔悴《しょうすい》が淡い影を落としている。サキは生きているが死んでいる。死んでいるが生きている。茫然《ぼうぜん》とした目はどこか遠い彼方《かなた》を見ていた。魂のない空っぽの肉体がじっと天井を見ている。

背中に感じた手の感触。細い指の先には確かな憎しみがあった。体がふわりと宙に浮いたとき、ためらいのない憎悪だけの、真っ暗な谷底に落ちていく恐怖を感じた。自分で足を踏み外しただけなのか。

頭がぼんやりして、輪郭のない生と死の境界に立ち尽くすサキの手を父がとった。泣き笑いのような父の顔はどこかクマに似ていた。

サキの父は小さな出版社で働いていたが、この事故から数か月後に勤めを替えた。それまでは帰りはいつも遅く、家で父と話す時間はあまりなかった。町役場に職を得た父は、定時に仕事を終えるとまっすぐに帰宅した。夕食時には家にいるようになったが、それでもサキがひとりで食事をすることには変わりがなかった。

毎晩サキが床に就く時間になると、静かにドアを開けて父が顔を覗《のぞ》かせる。サキはこの「儀式」がいつから始まったのか覚えていない。「おやすみ」と言いながら大きな手をサキの頭にのせて、くるくると小さな子どもにするような仕草をする。母親からほとんど話しかけられることのない子ども時代を送ったサキは、高校生になった頃には、言葉を忘れ、感情を抜き取られた人形のようになっていた。

サキが小学生のとき、夕暮れ時になるとよく父と手をつないで、廃線になっていた線路を歩いた。父を照らす真っ赤な夕陽が眩しくて、見上げた顔はよく見えなかったが、父の大きな手はがっしりとして温かく、サキの小さな手をしっかりと握っている。父は歩きながら、サキの見知らぬ遠い世界の話をした。

奥まったアラスカの人里離れた入り江に、何十年もたったひとりで暮らしている男がいた。一年に一度町に下り、ちょうど一年遅れの新聞をもらい受け、毎朝一日分だけを読み、数か月かけてクリスマスの支度をする。なんと人間的な世捨て人の話。

オーストラリアに何万年と暮らしている先住民のアボリジニ。彼らの旅に沿って、詩と旋律の道として残された〝ソングライン〟。

ヒマラヤ山脈、チベット高原、バイカル湖に近いサヤン山脈までの、人の手の届かないアジアの山岳地帯に生きる雪豹の話。

青く澄んだ砂漠の夜空。空は無窮《むきゅう》に高いのに、手をのばせば届きそうな星々に囲まれて語られる千夜一夜物語。

身に潜む放浪への憧れと夢を、父は苦にすることなく手なずけていた。小学生のサキに対して、父は語りながら語ろうとはせず、思考を単に音に変換して想いを解き放つ。サキは夕陽のスポットライトを一身に浴び、音の響きが立ちのぼる中で、色とりどりのキャンディをすくうように、こぼれ落ちる音律をポケットに詰めこんだ。

そして、夜の訪れの際にさしかかると、父はいつもマザー・グースを口ずさむ。

「咲はどの子どもなの？」

「そうだな、咲は木曜日だ」

外国の小説ではよく「〇曜日の子どもなので……」という表現が出てくるが、父はそれに倣ってそう言ったのだろう。星占いのようなものだ。マザー・グースの「木曜日の子どもは遠くに行く」を、父はサキの運命を直感的に感じ、「サキは旅に出る木曜日の子どもだ」と言ったのかもしれない。


あれからとうに十年は過ぎた。振り返れば、父は「血」という手ごわい相手に挑むことなく、早々に降参して頭《こうべ》を垂れていたのだ。なぜなら彼は、誰よりも母を愛していたから。だから血のつながりのないわたしを愛し、父になってくれた。そして日々、父はサキをとおして、母との間に生まれた、たったひとりの娘へ無言の弔いをしていたのだ。

母はなぜ、わたしを産んだのか。母はなぜ、わたしを愛することができなかったのか。

なぜ、わたしを憎んだのか。わたしに愛をそそいだ父への嫉みか。わたしは本当に日菜子を殺したのか。

相対する父と母の狭間で、サキの精神は引き裂かれる寸前だった。

❦

「咲、九日の月命日、弓張月の夜が明けたら家を出なさい」

雪が降りそうな冷えびえとした夜に、父がいつもと同じ穏やかな声で言った。

「咲、春になったらこの町を出て新しい世界に行くといい」

「どこへ？」

「〝青の街〟にしなさい」

「〝青の街〟？」

「お父さんはあの街をずっとそう呼んでいる。抜けるような青い空の下で、咲の心は必ず解放されていく。咲をがんじがらめにしている澱《おり》のような虚無をひとつひとつ剥《はが》していくんだ。日菜子の短い命は運命だったんだよ。咲のせいじゃない。お母さんもそれを受け入れようとした、でもうまくいかなかった。たまごの殻がむけるように、咲が生まれながらにもっている伸びやかさが、いつかきっとあらわれる。自分で取り戻すんだ。

咲がこれから暮らすところは昔、囚人の流刑地だった。それから二百年かけて、あの素敵な街を作りあげたんだ。〝ソングライン〟のある土地だ。大丈夫、心配することはない。咲は〝木曜日の子ども〟だから……」


サキはその晩、一睡もしなかった。父と母は小さな橋の上で、今頃散りかけてゆく夜桜を見ているだろう。今夜は弓張月。人の心を狂い惑わす満月ではなく、儚《はかな》く寂しげな三日月でもない。夜道を迷わぬよう、半分の形は旅人の行く手をちょうどよい明かりで照らしだす。なんてリアルな佇まいなのか。

空が朱鷺《とき》色に染まってゆく。残月だけがサキを見送っている。サキは目を閉じて、始発列車のゴトンゴトンと唸《うな》る車輪の音を聞いていた。

〔二〕

ジローは幼い頃、失明しかけたことがある。医者の予告どおり、成長と共に彼の視力はどんどん衰えていった。しかし、小学校を卒業して一年半ほどだった頃、彼は視力を取り戻した。失明に対する不安は完全に消え去った。ほかの人の角膜を移植するという手術をしたのだ。

しかし、ジローはその喜びを心から享受することはできなかった。なぜなら、同時に可愛がっていた妹の千明がいなくなってしまったからだ。突然の〈不慮の事故〉で死んだというのが母の説明だったが、ジローは納得していなかった。「ひょっとして……」という思いが、何度も頭をよぎった。ジローの視力回復をただ大喜びするだけで、幼い娘の死に無頓着な母を見るたびにその思いは強くなり、彼の心に沈殿していった。

夕立ちが通り過ぎた田んぼのあぜ道を、ジローと千明はよく手をつないで歩いた。蜩《ひぐらし》の声を聞きながら、雨上がりの匂いを胸いっぱい吸い込んだ。

兄妹は雨の匂いが好きだった。大地から立ちのぼる、蒸しかえる熱気と草いきれが好きだった。汗で湿った、柔らかな千明の手の感触が、ジローは好きだった。それらは、いつの日か見えなくなるであろう恐怖さえも和らげて、ジローに生きる喜びを与えた。

幼い日々の雨の匂いは、ジローに幸せを感じさせた。

雨の匂いは、遠い昔からずっと変わらない。

「夕陽を浴びて金色の海みたいだ」

「お兄ちゃん、見えるの?」

「きらきら光って、眩しいよ。チャキには何が見える?」

「お空に大きな橋がある」

「虹? どんな色?」

「みかん色、それからお日様の色。もう一つはお母さんのきれいなスカートの色」

千明の無邪気な説明はどこか可笑しく、少し悲しい。

「ねぇチャキ、いまあの虹、ヘビみたいに動いたよ」

「お兄ちゃん、お空で虹が、ヘビみたく動くの？　こわい……」

「虹ヘビだ！」

とおどけるように両腕をくねらせると、ジローの体にすがりつく千明に笑いかけた。


ジローに物心がつくようになると、母はジローの目の様子が気になった。医者に診てもらったところ、このままでは失明するかもしれないと告げられた。そしてその一年後に、千明が生まれた。千明は健やかに成長し、ジローの視力は少しずつ衰えていった。

母が千明に、お兄ちゃんを護ってあげなさいと言っているのを、ジローは幾度か耳にしたことがある。そのたびに、六歳年下の妹を子ども心にも不憫に思った。

千明は明るく優しい性格で、幼いなりに目の悪い兄を助けようとした。ジローと千明が外に行くときは、兄妹はいつも手をつないで家を出る。母は遠くに行かないように、ふたりに強く言い聞かせた。千明の小さな手が兄の手をとる姿を見て、母は一抹の不安を抱えながらも外遊びを許していた。

家からさほど離れていないところに田んぼがある。

秋になると黄金色の稲穂が風に吹かれてさわさわと揺れ、ジローと千明は風の渡る音に耳を澄ませた。田んぼのあぜ道に咲き乱れたコスモスを摘みとって、花の色当て遊びを楽しんだ。秋が深まると落ち葉が積もった大きな木の下で、枯葉踏む足音に歓声をあげた。落ち葉のシャワーをまき散らし、歌いながら踊った。

外遊びをしたあとで、ジローと千明は日の名残りを惜しむように、夕陽が沈む頃家路についた。拾ってきた栗は、焼いてと母にせがんだ。松ぼっくりや木の葉、どんぐりや石を拾っては家に持ち帰り、それらは粘土細工と一緒に部屋の一角に置かれている。千明はとりわけ、丸くてすべすべした石が好きだった。兄妹は黙々と粘土をこねていることもあれば、わけの分からないことを言い合って、その笑い声が母のもとに聞こえたりもする。おやつが千明の好物ならば、ジローは自分の分を千明に分け与えた。母はジローの学校の宿題を手伝いながら、ジローの感情や物言いが、千明と散歩に出かけたあとは穏やかになっているのを感じた。


ジローが思春期にさしかかる頃には、将来女の子の心をときめかせる、魅力的な容姿を持つ青年になることはたやすく想像できた。母はジローを溺愛した。ジローと母の複雑な心中を垣間見るには、千明は幼すぎた。千明の明るく無邪気な声や振る舞いは、ジローにとって太陽であり、生きる力であり、希望であり、杖であった。

ジローの千明に対する愛情はまっすぐで純粋なものであった。障害を抱えているという幼いなりの自覚はあっても、それでも兄として妹を護りたいという強い思いがある。彼女のふっくらとした手をつないで小さな冒険者となるひとときは、ジローにとって誇らしく、かけがえのない時間だった。

木登りはできないけれど、雨上がりの草の上を裸足で歩くことはできる。未知の小路に行ってみようと千明を誘うこともある。セミやカエルの鳴き声を真似て、千明と笑いころげた。時にはつまずいてころんだりもした。擦りむいて血がにじんでいる膝小僧を見た母はたいそう驚き、心配していることをジローに優しく諭す一方で、ジローのいないところでは千明を叱った。そんな母の声を聞くと、ジローは母に対して悲しみと怒りが込み上げて、千明のせいではないと抗議した。

千明が三歳くらいまでは、母と三人一緒に風呂に入っていたが、いつしか、母は千明とふたりだけで入るようになった。ジローがひとりで風呂に入り体を洗っていると、母が頃合いをみて手伝ってくれる。自分の背中を流す母の手の感触になにか妖しいためらいを感じ、ジローはそんな自分を恥じた。

千明とジローは別々のベッドで寝ていたが、ジローはときどき千明の寝床に潜りこんだ。視力が衰えていくにつれて、視覚以外の感覚が少しずつ鋭くなっていく。ぐっすりと眠りこんだ千明の規則正しい寝息を聞きながら、千明の肌に触れ、千明のあまずっぱい匂いのする肌に顔を埋《う》める。そうすると、永遠に闇の中を彷徨《さまよ》う夢の恐怖や、捉えどころのない不安を忘れられる気がした。千明の柔らかな頬っぺたとふっくらした体に身を寄せている姿は、何人をも寄せつけない、分かちがたい二つの生きものが一対になっているように見えた。

ふたりが一緒に寝ているのを母が深夜に気づき、ジローにベッドに戻るように押し殺した声で呼びかけたことが幾度かある。が、ジローは母が立ち去るまで、いつも寝入ったふりをしていた。ふたりが一つになった彫刻のような姿に、母性ではない、ざわざわとした感情が湧き上がっていくのを母は知った。それゆえに、翌朝ジローに対して一言も前夜のことを口にすることはなく、母は己の真の心を知るのを避けた。

小学校を終え一年半ほど経ったある日、ジローは目の手術をすることになったと伝えられた。

「チャキに知らせなくっちゃ。チャキはどこ?」

「千明は叔母さんの家で何日か預かってもらうのよ」

数年後、ジローは「普通の生活」をすることに大きな支障もないほどの視力を得た。が、ジローはそのときには別人のようになっていた。千明は死んだと聞かされて以来、ジローの心は深く閉ざされたままになっている。

――なぜ千明は死んだ。本当に事故だったのか。どうして千明の死と入れ違いに自分の目が見えるようになったんだ――

ぐるぐる廻る疑心と、二つが同時に起きた「偶然」に、ジローの心は深い孤独の中で、もがき続けた。眠れぬ夜に、布団の中で声を押し殺し、泣いた。やり場のない悲しみと怒りが狂気に変貌し、暗黒に導かれないように、祈った。

「見える」喜びを味わっている己を知り、驚愕《きょうがく》し、罪を感じた。

——母に聞いても本当のことは分かるまい。そして、チャキはもうこの世にいない——

乏しい視力の中で、とりわけ千明と共に「見えていた」ものは、鮮やかで豊潤な世界だった。

——今、こうして目に映るものは、なんてつまらない世界なんだ。目に見えるものは幻惑され、そして欺かれるものなのか——

まだ幼かった日々、視力が徐々に弱くなっていく中で切望していた「見える」ことへの憧れを思い返す。あの頃は、千明の笑った顔をこの目で見てみたいと強く願っていた。千明と過ごした幸福な時間はジローの奥深くに沈殿し、思春期に訪れる野性が荒々しく暴れ出さないことを助けた。

ジローは毎日休まずに学校へ行き、夕暮れには家に帰ってきた。学校の成績は良くもなく悪くもない。母とはほとんど会話をせず、冷たい静けさだけがある家の中で、月日だけが流れていった。

高校最後の年に、ジローは母に大学に行きたいと伝えた。ジローから将来の希望が語られるとは思いもせず、母はどんなことでも受け入れるつもりだった。そしてジローは美術大学に進んだ。


ある日、ジローの部屋に置かれたいくつかの人物画を見て、母は意識が遠のいていった。そこに描かれていたのは、恐怖におののく顔、暗い記憶の影に怯《おび》える慟哭《どうこく》、無言の怒りを湛えたくちびる、遠い痛みの在りかを探すように、見ひらかれた目にあふれる寸前の涙、孤独と虚無が同居した瞳。圧倒的な肉感を持つそれらの人物画には魂が宿り、ふっくらとした手には冬の陽だまりのような光がそそがれている。絶望と喪失、恐怖、怒り、憎しみが混じり合い、無力に打ちひしがれ、傷ついた精神を持つ人々の視線が容赦なく母を見つめている。

けれども、千明がこれらの絵を見たならば、闇の中でもがき苦しむジローが、絶望の谷底から必死に這い上がろうとし、ジローが生来持つ、ひたむきに生きようとする生命力や、精神の強さが肖像画から立ちのぼっていることを、捉えることができたに違いない。母が見たものは、自分の心の映し鏡だったのだ。母はジローを永遠に失ったことを知った。

ジローは千明の人物画も何枚か描いていた。顔のない人物画を……。

ジローには千明の顔の鮮明な記憶がない。ある日、思い立って千明の写真を探したが、家の中には一枚もなかった。千明が死んで以来、母に千明の名前を口にしたことは一度もない。家に仏壇すらないことに、ジローは後年になって気がついた。

ジローの絵に描かれた千明の顔ははっきりとしない。

ある一枚は、麦わら帽子を被って、白いドレスをまとった少女が丘に佇《たたず》み、風を感じ、光に包まれ、今にも動き出しそうな生命感にあふれて描かれている。またある一枚は、深い眠りについたもので、楽しく遊び疲れた後の健康そうな寝息が聞こえてくるような絵だ。ジローは千明との思い出を小さなキャンバスに描き、誰にも見られることがないように隠した。


ジローは大学を卒業すると家を出て、それから数年の後に故郷を離れ、さらにその後、祖国からも旅立だった。

〔三〕

この街にはたくさんの人たちが遠方から訪れる。美しい海岸線は緩やかに蛇行し、突起をなす小さな半島のそれぞれの街並みは、異なる個性を形づくる。小さな集合体を囲むように位置する湾の水面は、古代の神秘ターコイズ色に美しく輝いている。この豊かな自然の恩恵を享受し、守り、共存するこの街の住民を、初めてここを訪れた人が羨望しても不思議ではなかろう。なぜなら、ここには、現在も過去も未来も同じ時空にある〝ドリームタイム〟という考えがあるからだ。けれどもサキは、初めてこの街に降り立ったときの居心地の悪さを忘れることができない。

父はここを〝青の街〟と呼んだ。蒼穹《そうきゅう》の抜けるような青空は、ただただ明るく、影がない。湿った陰影をもつ土壌で生まれ育ったサキには、この地はあまりに乾いている。干からびたヤモリがサキの姿と重なってしまう。目が合えば、屈託なく微笑む見知らぬ人は、恐怖だった。

——ドーシテ　ミンナ　ソンナニ　シアワセソーナノ……

サキはこれまで家族からも、ましてや他人から微笑みかけられたことなどほとんどなかった。サキが生きてきた二十数年間とあらゆるものがことごとく異質なこの街は、薄気味悪くすらあった。

サキはこの街に着いてから、閉ざされていた五感を回復させるように、毎日ひたすら歩いた。苦行者が道を求めるように、何も考えずに無心に歩き続けた。雨が降っていようが、毎日何時間も歩き続け、夜になると倒れ込むように深い眠りに落ちる。切りつめれば三か月ほどは暮らしていけるだろう心遣いが、出発の前に父から手渡された。

——働きもせず、何もしないままで、ここに長く住むことはできない——

内湾に面して白い帆を連ねたような建物はこの街のランドマークになっている。前広場の一角には、椅子に座った数人の似顔絵描きたちがいる。遠方からの来訪者は、この建物を必ず見に来るらしい。が、サキには何の感慨もわかない。隣接する植物園も、ありふれた絵はがきの構図のように整然としている。自分の生まれ育った場所が恋しいわけではないが、ここに馴染むには時間がかかりそうだ。
ある日街を歩きまわっていると、古びた建物の続いている風景に出た。石畳の路地裏や小高い丘の上にある天文台などが、二百年以上前の入植時代の面影を色濃く残す。レストラン、カフェ、土産物屋などのたくさんの小さな店が小綺麗な面持ちで軒を連ねるが、サキの興味を引くものは何もなかった。
店がとだえた先をさらに奥に入ったいささか寂れたところに、「みやげ舎《や》」という小さな看板を下げた寂れた店があった。この場所でこの店構えでは観光客はこないだろう——と土地勘がロクにない異邦人のサキですら思う。店の売り子は東洋人の中年女性に見える。店の前には脚が一つ欠けた三本脚の椅子が置かれている。どうやら商品のようだ。

——こんなものが売れるのか？——

サキは引き寄せられるように店の方に足を運んだ。「いらっしゃいませ」や「こんにちは」とも声がけをしない店員は不愛想なのかと思ったが、目の奥の微笑みから無言でサキの来店を歓迎していることが窺《うかが》える。

店内にはTシャツやキーホルダー、絵はがきという土産物屋らしき売り物を一応置いてはいるが、それらはどこか影が薄く、「みやげ舎」という体裁を繕うために置かれているようにも見える。針のない時計や、化石を模倣して色を塗った、どうみてもアンモナイトには見えない石とも貝ともつかない物体……。

「あんたぁ、どっから来たん？」

サキは言葉を聞いてほっとした。が、出身を尋ねられたのか、それとも今の住まいなのかをはかりかねていると、この店員のアクセントが父のものと似ているのに気がついた。

「父はヒロシマです」

「うちもヒロシマなんよ」

「不思議なお土産物屋ですね。三本脚の椅子とか」

自分が初対面の人に向かってこのようなことを口にして、サキはひどく動揺した。店員は愉快なことを聞いたとばかりに、その口元は今にも笑いだしそうにしている。しばらくの間、サキに視線を向けたり外したりしている。無視をするのでもなく興味を持つというほどでもなく、不躾《ぶしつけ》ではない、ほどよい案配の対応をサキに向けた。

「これらにご興味が？」

サキが応えるすべもなく伏し目がちになると、

「ボドレーさんは『安住の恐ろしさ』を語っとるんよねぇ。一つ欠けた三本脚の椅子はその象徴じゃけぇ」

「この時計は刻まれていた時間が奪われた証だそうじゃ。『あらゆる盗人の中で最もタチが悪いのは愚かな人間だ。彼らは金品を奪わない。しかし人間の貴重な時間と快い気分を奪っていく』と、ゲッテさんは言いよる」


——わたしは、時間も幸せも奪われたのか——


サキは一瞬、虚を衝かれた。

「難しすぎてわたしには分かりません。この不思議な〝売り物〟について、いつもこんな風にお客さんに話すんですか」

「うちにもよう分からん。この店にこれらを残していった人たちが、うちに話したけん。それに、こんなことを話したのはあんたが初めてやねぇ」

「いったい、いつからこのヘンなものを置いてるんですか？」

店員は目を遠くに見やってから
「半年、それとも一年以上経つんか、覚えとらんわ。このおっきな石みたいな貝に描かれた模様は、アボリジナルの人が〝先祖の足跡〟と呼ぶ〝ソングライン〟いうもんよ」

――あぁ〝ソングライン〟、あの弓張月の夜に父からでた言葉だ。最初に聞いたのは遠い昔。まだわたしが幼かった頃、暮れなずむ夕焼けのなかだった。わたしは今、見知らぬ人から、ふたたびこの言葉を投げかけられた――

記憶の糸をたぐり寄せた先にある父の顔は、夕陽に染まり黒い影になっている。サキは突き上げるような懐かしさに襲われた。どれくらいの間、放心していただろう。長い時間だったのか、つかの間だったのか、時間が歪《ゆが》んだような心もとなさを感じる。我に返り店員を見ると、サキを包み込むようなまなざしを向けている。人としての品位のようなものが、彼女の表情や立ち居振る舞いから、そこはかとなく感じられる。父の故郷の広島の川べりにある、優しい夕暮れの雰囲気とどこか似ている。

サキは何も言わずにペコリと頭を下げて、店を出た。

†

赤茶けて乾いた大地に、褐色の肌をした縮れた黒髪の男が立っている。遠くから、誰かが自分を見つめているような視線を感じる。サキは夢の中で、自分のちっぽけな存在が、風に吹かれ、土と化し、やがて消えゆくことに茫然としていた。太陽は、褐色の肌をしたこの者たちにしか恵みを与えないのだ。遠い祖先をもつ彼らは、狩りをして食し、愛を交わし、踊り、その歩いた跡には音楽が残る。それが〝ソングライン〟だ、と父は言った。サキは乾ききった大地にひざまずき、天を仰ぎ、祈るように雨を欲した。

――どうか！

†

朝になって目が覚めたとき、サキは昨夜の夢など何も覚えていなかった。快晴の青い空に、朝露を含んだ冷たい空気は肌に心地よい。ミルクとシリアル、トーストの簡単な朝食をすませて、一枚の大きな地図を眺める。今日はこの街のいちばん南の突端、そのはずれにある海岸まで行ってみよう。サキはこの街に来てから、まだ電車もバスも乗ったことがない。その海岸に行くには、電車に乗っても小一時間はかかりそうだ。その突端からフェリーに乗れば、国立公園がある。そこには人の手が加わるのを最小限に抑えた、太古の自然がそのまま横たわる。

最後に列車に乗ったのは、父母のもとを去る日の明け方だった。刻々と移り変わる空の色を見ながら、列車の振動に身を任せていた。あれからひと月ほどしか経っていないのに、ずいぶんと昔のことのようにも思える。

――わたしはどこまで行くのだろう。わたしはいったい、ここで何を求めているのだろう。ここで、いったい何をしたいのだろう――

サキは目を閉じて、音の連なりでしかない周囲の会話と車輪の音が混じり合う中で、小さくなって座っていた。

終点の駅で下車をした。見栄えのしない店が立ち並ぶメインストリートを抜けると、海岸に出た。気の利いた店もなければ、華やかな商業的装いのない素朴な場所で、それゆえ、なぜここにホテルがあるのか不思議だった。ホテルの隣にはキューブ型の建造物があり、入り口には「レインルーム」と書かれている。「レインルーム」のチケットは、サキにとってかなり高額だった。が、貼ってあるポスターを見ているうちに、この「レインルーム」こそがサキをここまで導いてきたように思えた。

その異空間はひんやりとして、薄暗い。あらぬ方向から微《かす》かな光が差し込んでいる。濡れることのない人工の雨が降りしきる中で、サキは雨に包まれている。雨音に耳を傾け、背を反らせ両手を広げた。全身が濡れそぼる錯覚が現実との境界をぼやかし、いつしかサキの頬に水滴が伝わっている。涙か、それともこの人工の雨だれか。あの事故以来、サキの感情は閉ざされたまま、涙の源はサキの体内で枯れていた。サキは自分が涙したことに気づいていない。


――時間が止まっている。足下が心もとない。自分の足で立っているのか。何かが流されていく。わたしはどこにいるの？　赤ん坊の泣き声が聞こえる。日菜ちゃん、どうしたの？　お母さん、眩しくて見えない。ここはどこ……？　――

サキは自分が涙したことを知らない。離れたところから、ひとりの男がサキをじっと見つめていることにも、サキは気づいていない。

「レインルーム」を出ると突然、あのみやげ舎で働きたいと強く思った。居ても立ってもいられず、サキはそのまま電車に乗って街に引き返した。みやげ舎に着いたのは夕暮れに近く、夕陽が店の窓ガラスに反射している。店の入り口に何か、紙が貼ってあるのが遠目に見える。

「店員募集」の文字を見て、サキは目を見開き小さく息を呑んだ。中に入ると広島弁を話す女店員は、サキがここに現れるのをあたかも見越していたような表情をしている。

サキは生まれて初めて、この世に生を受けた存在を他人から認められたように思えた。

——あなたはここにいていいのです——

女から無言の声が聞こえてきた。

「どうぞ」と彼女が言うと、サキは深々と頭を下げた。

（四）

ジローはケンゾーの故郷の街に降り立つより先に、「ゆりかご」と題された絵に描かれた、大陸から離れた島に行くことを決めた。

ケンゾーは美術大学のキャンパスで知り合った異国の青年で、「ゆりかご」の絵とは、その国の先住民の聖なる地を描いたケンゾーの作品だった。ドリームタイムのある国から来たと語るケンゾーは、先住民の土地を奪った入植者と、それとは異なる複数の民族の血を受け継いでいた。「ゆりかご」の地には、ケンゾーの絵に立ちのぼる死の陰影とは異質な、穢《けが》れも澱《よど》みもない美しい世界が広がっていた。ジローはそれに魅かれたのだ。

まだジローが大学生だったある日、キャンパスでひとりの青年から「やぁ」と朗らかな微笑みを向けられた。ジローには友だちはおろか、必要でないかぎり言葉を交わす人すらほとんどいないままで、学生最後の年になっていた。その青年とはこれまでも幾度かキャンパスですれ違うたびに、どこか心の琴線に触れるような視線を向けられた気がする。いつもならそのまま通り過ぎるところを、つい後ろを振り返り、その笑みが自分へのものと知った。

「僕になにか用ですか?」

ジローは小さな気遣いをもって、その青年に尋ねた。

いくつもの血と歴史が絡み合ったように見える彼の容貌に、ジローは無意識に興味を持った。

——あなたは、ボクがどこの国のひとか、かんがえていますか? ボクのおばあちゃんはヤオヨロズの神様がいる美しい国の人です。ボクのおじいちゃんは高齢の女王さまが今もガンバっておしごとしている島国の人です。おとうさんはこのふたりのこどもです。おかあさんはガルーダの神話がある神秘の国の人です。ボクのガールフレンドは先住民のアボリジニです。ボクたちがいつかこどもをもったら、そのベイビーにはたくさんのバックグラウンドがつまっています——

――おばあちゃんはもう死にました。やさしかったけれど、変わったひとでした。カネだけのために、はたらくなとボクに言いました。おじいちゃんは老人ホームにいます。人間よりイヌをしんじてるみたいです。おかあさんはとてもアタマがよくて、むずかしいしごとをして、おかねをたくさんもらっています。まいにち、お祈りをします。おとうさんは映画のしごとをしているみたいですが、よくわかりません。いつも家にいます。おとうさんはおかあさんをとてもアイしています。おかあさんはいつもニコニコして、おとうさんにやさしいです――

――ボクはあなたの描いた絵をなんかいか見ました。おこっていたり、かなしそうだったり、とてもふしぎなポートレイトです。あなたの絵はコドクです。でも、その中にアイがいきているのがつたわってきます。あなたの目もおなじです。みぎとひだりの大きさがすこしちがう。かたちもすこしちがう。ひとみの色もちがうようだ。こうしてじっと見つめていると、あなたではない、ほかのだれかがボクに話しかけているような気がします――

「君は僕のこの目が不気味でないのですか？」

「ブキミ？　……どうしてですか。あなたのその目はあなたのコセイではないですか？　あなたは、あなたのままでいいのです。あなたは気がつかないかもしれないけれど、視線をとおくにむけて、このアングルからあなたをみると、ゾクゾクします」

その男の澄明な瞳は画家を志す者のまなざしだった。

「君はどこから来たの？」

初めて話した人とこのような親密な会話をしていることにすら、ジローは気づいていなかった。

「ドリームタイムのある国です」

「名前を聞いてもいい？」

ジローは少しだけ勇気をだして訊いた。

「ボクのなまえ？　ケンゾーです」

ジローは彼がどこで生まれ育ったのかを尋ねたのだが、名前を名乗られると、出自などどうでもよいことのように思えてくる。

「ケンゾー！　素敵な名前だ」

ジローは思わず笑みをこぼした。

「ボクのおばさんは目がほとんど見えません。だからいつも盲導犬のケンゾーといっしょでした。ケンゾーがあまりりっぱだったから、ボクのなまえもケンゾーにしたと言われました」

ジローはとうとう笑い声を立てた。自分は盲導犬にも及ばないと思っているその慎み深さは、ジローが遠い昔に失った、あまずっぱい痛みに似た感情を呼び起こした。

「あなたの笑顔、とてもチャーミングです。名前をおしえてください」

「ジローです」

「ジロー！　ボクたちはもうトモダチです。いつか、ボクのうまれたまちで、きっとまた会います」

別れ際にケンゾーは言った。

「ボクはこのくにで、コンケツといわれました。たくさんの血がまじっているのは、ボクのせいではありません。おばあちゃんは、『ケンゾーはケンゾー、そのままのケンゾーがだいすき』と、いつもボクにいいました」

ジローは大学を卒業後、市役所に就職した。美術大学に進んだのは、千明との思い出を何かの形に残したかっただけだった。

枯れ葉を踏みしめる音、木々が風に乗って揺れる音、千明の笑い声、千明と過ごした日々のなかで刻まれた、音の記憶は今でも鮮やかだ。または、あの幸福と感じた時間を言葉にする……。でもそれは、気の遠くなるほどの時間が必要そうだ。ただ何よりも、これらを進学の理由にするのは難しかった。学校の美術の先生が放課後親身に指導してくれたおかげで、運良く美術を学ぶ大学に入れた。が、ジローはそれを仕事に結びつけようなどという考えはまったく持ち得なかった。それでも大学を出れば、いずれ働かなくてはならないという現実は知っていた。

働き始めてしばらくすると、ジローは生きている意味について、いつもどこかで考えるようになった。やりたいこともなければ、将来への夢も希望もない。他人に関心がないだけでなく、ジローに話しかけようとする人もいない。異性に惹かれる心も感じられなかった。毎日の仕事を淡々とこなし、楽しさや喜びといったことに無縁な毎日であっても、時間が過ぎ去ってゆく現実を見つめている、もうひとりの自分がいる。

数年後に思いがけず受付窓口に配属された。それからしばらくして、不快な対応をする人を窓口から外せという、暗にジローを指した匿名の投書があった。そのことを知っても、ジローに大きな感情の波が押し寄せることはなかった。鏡を見て、自分自身でさえ亡霊じみた姿だと思うのだ。ジローが退職届を出したとき、引き留める者は誰一人としていなかった。

ジローはそのとき不意に〝ふたりのケンゾー〟の生まれ育った街で暮らしてみることを思い立った。そして働き始めてから、千明のことを思い出す時間が少なくなっているのにも想いいやった。

千明がいなくなってから十年以上が過ぎた。千明との思い出は大事なものをそっと包み込むように、ジローの心の奥深くにある。だからこそ、新たな場所に出発する前夜に見た夢の中で、突然、千明の手のぬくもりを感じ、遠い昔に聞き馴染んでいた声が聞こえてきたことに、微かに動揺した。それは予言的で、不思議な夢だった。

†

月夜に粉雪が舞っていた。眠たげな淡月が、吸い込まれそうに濃い群青《ぐんじょう》のなかに浮かんでいる。

木々も、大地も、鳥も、動物も、あらゆる形の生命が、深い眠りについている。無窮の時が流れてゆく静寂のなかで、この世にたったひとり残された生存者のように立ち尽くしていた。

「生きていかなくてはいけない」

懐かしい声は少しだけおとなびていた。

「だいじょうぶ、僕は生きているよ」

温かな手が僕のポケットをまさぐった。

「お兄ちゃん、雨の森のそばの大きな木の下へ」


僕たちは夜の匂いを嗅《か》ぎながら、生物たちの交響を探して、謳《うた》うように歩をすすめた。星々はきらめいて、優美な三日月は銀色に輝き、ふわふわの雪は軽やかなダンスを嬉々として舞っている。夜空は狂想曲のようににぎやかだ。

ほら、とふっくらとした指がさした先に娘が佇んでいる。

冬の夜の藍色より濃いコートはすっぽりと闇に包まれ、ほんのり浮かび上がった横顔は、アンズの花の可憐さと不動の拒絶を同居させ、力強い命の光彩を放っている。縞模様のマフラーが、忠実なガードのように彼女を守り、生を包む。
「いつかあのひととつながるのよ」
懐かしい声がそう言うと、ポケットからぬくもりが消えていった。

†

肌に触れた空気、静寂のなかで感じた生けるものの気配、暗闇に浮かび上がった鮮やかな宙《そら》の色彩。すべての存在が夢か現《うつつ》か不確かで、大きな空間の、澱みの狭間にまぎれこんでしまったようだった。

――あの若い娘は誰なのだろう？　チャキは僕があの人とつながると言った――

ジローの目は娘の横顔を的確に捉えていた。理知的な額《ひたい》、結んだくちびるは完璧なかたちで、意志が強そうな印象を与える。一点を見つめていた瞳は澄んでいた。額には小さな薄い赤紫色のあざがある。頬のふくらみは少女でもなく、まだ大人の女にもなっていない中性的で、はっきりとした輪郭のあごの線とほどよく調和している。

ジローは機内で目を閉じて、娘のことを考えていた。夢の中で見た娘に、彼は魅かれ始めていた。

✿

ジローは一度だけケンゾーの絵を見たことがある。

「ゆりかご」と題した絵は、山々が湖を囲み、星降る夜の黙《しじま》のなかに、目を凝らすとたくさんの動物が描かれている。木々と同化したように描かれた点描の動物たちは、一定の距離を置いて見ないと浮かび上がってこない。その距離も動物によって異なっている。絵の片隅には、立体化させたひとりの男がとても控えめに小さく佇み、男の目には微かな一滴の血の涙が描かれている。このたった一つの真っ赤な点がなければ、生命の営みが広大な宇宙の神秘に包まれているようにも見えるのに、なぜケンゾーはこのような手法を用いたのか。

ケンゾーに絵の題名を尋ねた。

「この聖なる湖は、何百万年もまえに、氷河によってつくられました。おじいちゃんの国のひとたちがやってきて、たくさんの先住民のいのちがうばわれました。ボクのみらいのベイビーの祖先は、このふかい湖の底でねむっているのです。ゆりかごは山のなまえです。ボクはまだこの絵のばしょに行ったことがありません」

✿

ジローは「ゆりかご」の絵に描かれた島に向かった。
生まれ育った場所から離れていくにつれて、心が解放されてゆくのを感じる。荷物は大きなバックパックに詰めたものの、バッグの中はまだ余裕がある。これまでほとんど体を鍛えてこなかったジローにも、無理なく背負える重さだ。小さなキャンバスに描かれた数枚の千明の肖像画のほかに、大事な荷物は何もない。

三回飛行機を乗り継いで、それからバスに何時間も揺られて、ジローは「ゆりかご」と呼ばれる山々が連なる原生地帯に辿《たど》りついた。
緑が深い。整備された木道の周りを灌木の海原が果てしなく広がっている。空は高く清々しい青色で、白い雲が浮いている。幼い子どもが描くお絵かきのような景色だ。木道の下から奇異な息遣いが聞こえてきた。覗いてみると、モコモコした丸っこい珍獣が草を食べている。ありのままの自然に生息する親和的な姿の生きものに、ジローは目を見張った。ジローの目の前に広がる世界には、ケンゾーの「ゆりかご」の絵に宿る深い闇の気配はない。

人の好さそうなハイカーたちは思い思いの格好をしていて、時おりすれ違うと、ハイと声をかけてくる。健康そうな呼吸をし、血色のよい頬を持ったこの地の訪問者たちは、皆素朴な身なりだ。他人の服装にかつて興味を持ったことのないジローにすら、彼らはファッションに無頓着なのだと思わせる。ジローの中で何かが小さく解き放たれてゆく。

どれくらい歩いたのか、水辺に古いボート小屋がひっそりと佇んでいる狭い一角が現れた。時が止まったかのような静謐《せいひつ》が、何万年、いや何百万年も訪れる者をじっと見つめている。言葉では尽くせぬほどの美しい光景は、こぢんまりと言ってもいいくらいの、ささやかな大地からしか眺めることができない。大自然は、たくさんの人が同時にこの場所に立つことを許してないのだ。人の手と自然が完璧なまでに結合した、えも言われぬ光景は、この地を調べれば最もあらわれる場所なのに。

澄んだ水は冷たく、手ですくうと五感が目覚めてゆく。若い二人連れの女たちは素足になって、足先を水に浸けている。くるぶしの下が水の中で陽光に反射してきらきらと光り、ジローは初めて生身の女性を美しいと感じた。

かつて、来訪者へ宿を提供していた古いボート小屋は、扉のない小さな内部が剥《む》き出しになって、朽ちていく運命を晒《さら》している。その姿はいつの日か、体を成していた木の断片がまた自然に還り、姿を変えて新たな生命となってゆく円環を、静かに見つめているようだった。

水際から少し離れた草むらにジローは腰を下ろした。少しすると、体の中にアンカーが打ち込まれたような途方もない重さを感じた。幾日もかけて海を越えた旅で、疲れて体の力が空っぽになっている。まぶたを閉じているうちに、体が底なしの沼に沈み込んでいくような感覚に襲われて、深い眠りに落ちていった。

†

ここはどこなんだろう。灰色の空は雲に覆われている。今は何時？　遠くの方でおぼろげに霞んだ白い森が見える。シラカンバの木々はすっかり葉を落としている。並木道に沿った小径は真っ白だ。そうか、雪が降ったんだ。

雪がうっすらと積もり、白くなった小径の脇には落葉樹が連なっている。裸になった木のそばで、おかっぱ頭の小さな女の子がどこか楽しそうに遠くをじっと見ている。きっとまだ小学生だ。真っ赤なタータンチェックのコートを着ている。葉っぱの模様が入った黒のスカートをはいて、ちょっと色褪せた薄藍のマフラーを巻いている。あっ、あの子の上で、枯れ枝にとまった真っ黒なワタリガラスが女の子を見下ろしている。

——冬になると、ここにも何日間か雪が積もるの。そうすると学校がお休みになるのよ。だから長靴をはいて、あったかい靴下をはいて、手袋とマフラーをして、コートを着て雪の上を歩くの。そうするとキュッキュッキュッと音がするわ。

森のワタリガラスは友だちよ。あたしが一年でいちばん好きな季節《とき》。雪の日は神様からの贈り物。家に帰ると暖炉に火が灯っていて、サプライズ。こんな日はお姉ちゃんがケーキを焼くこともあるんだから。ドアを開けると、とっても甘い匂いがするのよ——

†

――ジロー、なんだかとてもしあわせそうだ。なにかあったの？　――ケンゾー、来てたんだ。君には赤いコートを着た小さな女の子見える？　真っ黒なワタリガラスが友だちなんだ――

――ジロー、ボクにはみえないよ。きっとその子は君にしかみえないんだ。アボリジニの神話では、にじいろのカラスは焼かれて、まっくろになったんだよ。でもグーゼンだね、ボクがいま描いているのは、シシュンキのふたりの女の子なんだ。ひとりは真っ赤なワンピースを着て、もうひとりは真っ白なワンピースを着ている。〝ピナのダンス〟だ。さかさまになって、空から地上に舞い下りてこようとしている――

――〝ピナのダンス〟？――

――そう、ジロー、〝ピナ〟だ――

――ねぇケンゾー、僕にはどうしても、ここが君の絵の「ゆりかご」には見えないんだ

――

――あれはボクのココロの中の「ゆりかご」だから。でも、ジローはきっとまたここにくるよ。そのときは、いまのジローとはちがったジローになっている。そして〝ピナ〟に遭う――

――ケンゾー、僕はいま、無性に君に会いたいよ――

辺りはそうとう冷え込んできた。くの字に曲がった背中は夜露でぐっしょりして、たいそう冷たい。意識が朦朧《もうろう》としている。とても深い闇だ。

(そうか、僕はいまケンゾーの絵の中にいるんだ)

ジローの腹と胸は、規則正しい息をして温かな体温を持った物体にピタリとくっついていた。夢? 重いまぶたをなんとか開けると、背中に縞模様のある茶色い毛皮の動物に身を寄せている。

(フクロオオカミ? そんなはずはない、虐殺されてすでに絶滅したはずだ。たくさんの先住民の命も奪われたこの場所はやっぱり……果てしない永遠の墓場だったんだ……)

フクロオオカミと千明が重なってゆく。夜になると千明の体に顔を埋めていた幼い日々。彼女の匂いと肌の感触がよみがえり、遠い記憶と交錯する。一滴の血の涙が千明の真っ白な服を染め、赤いコートにかわってゆく。

ジローの意識はふたたび遠のいていった。

†

（五）

ケンゾーが生まれ育った街は、空も、街並みも、そこに住む人々もすべてが明るい。たくさんの〝ケンゾー〟がそこにいた。目が合えば自然に交わされる見知らぬ人との挨拶は、ここでは稀なことではなかった。

ジローは学生時代も社会人になってからも、お金を使うということがほとんどなかった。というよりも、欲しいものがなく、他人と過ごすことなどなかったから、お金を使う必要がなかった。家を出てからは、生活に必要な最低限の支払いをしていただけだった。家で暮らしていた頃は、母が買ってきた服をくたくたになるまで何年間も着続けた。散髪は近所の床屋で、短くしてくださいというだけだった。言葉も違う異国にしばらく滞在する、これはジローが生まれて初めて経験する大きな出費となった。

荷物に入れておいたガイドブックを読んで、数日間街を歩きまわった。秋の肌寒い日に、厚手のパーカーを着ている人と、タンクトップに短パン姿の若者が裸足で歩いているのを同時に見て驚いた。誰もが他人の視線を気にしている風もない。おしゃれな人もあまり見かけない。「ゆりかご」の山を歩いていたハイカーとどこか似ている。気取りのない街だと思った。この街に着いてまだ日も浅かったが、人々は軽やかで自由に見える。街はゆったりとして、ジローには重苦しい社会の空気は感じられなかった。

帆の形をした劇場の前広場の一角で、何人かが座って絵を描いている様子が遠目に見える。客らしき人に似顔絵を描いているようだ。ジローは自分にも絵を描いていた日々があったことを思い出した。

ジローは、ウールムルーという不思議な響きの名の場所にあるバックパッカーズにしばらく滞在することにした。この宿には、髪も肌も瞳の色も体格も異なるさまざまな人たちが集まって、異なる言語が飛び交っている。決して静かとは言えない、時にはパーティーが行われて騒々しいくらいの空間になっても、気づまりも苦痛も感じない自分にジローは驚いた。

安い宿泊費にはありがたいことに、パンとシリアルとコーヒー、紅茶が含まれている。共有のキッチンとリビングにはいつも誰かがいた。受付の女性は南の島の太陽のように明るくフレンドリーな対応をしている。

ある日の朝食のテーブルで、若い男性の二人連れが「レインルーム」の話をしているのが聞こえた。「レインルーム」という音の響きに引かれて耳を傾けたが、内容がよく分からない。ジローは思いきって二人連れに話しかけた。ジローの顔を見てひとりは一瞬、戸惑いを感じたようだが、ジローが理解できるようにゆっくりと話してくれる。さらに、部屋から地図を持ってきて、行き方を紙に書いてくれた。料金を伝えると、安宿の宿泊費からすればけっこうな入場料のせいか、「大丈夫?」というようにジローを見て肩をすくめた。親切な人たちだとジローは思った。

電車に小一時間ほど揺られて降りた駅には、微かな潮の匂いがした。寂れた店が立ち並ぶ一角であっても、きっとこの辺りでは一番にぎやかな場所なのだろうとジローは思った。駅を背にして海岸に向かっていく一本道を歩いてゆくと、潮の匂いが少しずつきつくなってくる。遠くの方から、波の音が聞こえるような気がした。

緩やかに蛇行する海岸線の先に、ホテルらしき建物が見える。潮の香りを肺に詰め込むように深く息を吸い込んだ。季節はもう秋なのに、陽があたると暖かい。

ホテルの横に真っ黒な箱型の建物が隣接している。「レインルーム」のポスターが貼ってある窓口には、チケットを購入しようとしている人は誰もいなかった。

ジローは黒のペンキが塗られた四角い無骨な建物をしばらく見ていた。〝濡れない雨〟が謳い文句の人工の水滴が落ちてくる空間に入るのに、ジローは実際の建物を目にしてためらってしまった。雨はジローにとって千明が存在した証であり、その記憶は薄れるどころか、年月が経つにつれ鮮やかになってくる。機械装置を使って、そして何よりも自分自身の手で、誰にも触れさせずに守ってきたものを壊そうとしているかもしれないのだ。

――お兄ちゃん、行こう――

千明の声が聞こえた気がした。

――僕は臆病者だ。来る前から分かっていたことじゃないか、人工の雨なんだって。これじゃチャキに笑われてしまう――

建物の中は薄暗かった。薄明の光は照明なのか、外から取り入れている自然光なのか、それとも併合させているのかよく分からない。淡い陽光と風を一緒に感じるような気もする。無機質な外観からは思いがけず、内部には天然の風が渡っていく感触があった。目を閉じて耳を澄ませば、聞こえてくる雨音から記憶のトンネルを通り抜けて、心願する過去と巡り合う人もいるだろう。雨の装置の下にとどまる人数には限りがあるようだが、他の場所にも人はあまりいないし、今雨の中に佇んでいるのはひとりだけだった。

体の線の細い若い女が立っていた。うつむいた横顔は髪で隠れている。ジローは数メートル離れたところからその人をぼんやりと眺めていた。彼女がゆっくりと顔を上げたとき、ジローははっとした。出発する前に夢の中に現れた娘に似ていた。体つきや髪の感じは違っても、口元や目が語るその人の意思のようなもの、何よりも彼女の存在そのものから放たれる印象が同じなのだ。前髪に隠れた額に、薄い赤紫のあざがあるのかは分からない。

両手を広げ、天を仰ぐように体を反らせ、体全体に雨を打ちつけるように静止している。彫刻みたいなその姿は黒いシルエットとなり、水の粒が光に反射して輝いている。美しい絵だ、とジローは思った。心の奥から何かを叫んでいるように、彼女のくちびるが小さく動いている。泣いているのか、それとも人工の雨が水滴になって彼女の頬に伝わっているだけなのか。ジローはその姿を頭の中のスケッチブックに描きながら、心のカメラにぴしゃりと焼き付けた。

ジローもまた雨音に包まれながら、彼女と出会うために、千明がここまで導いてきたのだと信じた。


どのくらい放心していたのか、気がつくと〝雨〟の中には誰もいなかった。彼女と話をしてみたい気持ちはあっても、不思議と逸《はや》る心が起きてこない。駅までの一本道を、来たときと同じ足どりで歩いた。駅のホームの人影はまばらだった。

緩やかな午後の日差しに背を向けて、彼女はベンチに座っていた。逆光で顔がよく見えない。彼女は顔を前方に向けたまま、不自然なほどまっすぐに背筋を伸ばし、身動きせずに座っている。誰も見向きもしない銅像のように。

電車が来るとジローは同じ車両に乗り込んで、彼女の顔がよく見える場所に座った。

表情の乏しい顔だとジローは思った。今、目の前にいる彼女は、夢の中に出てきた娘とも、閉じられた空間で雨を浴びていたときの印象ともかなり違う。それでもジローは彼女を知りたいという、何かしらの強い気持ちが内から芽生えているのを感じていた。

街の中心地に近づくにつれて、乗客が増えてくる。ジローは数メートル離れた距離から、彼女を見失わないように視線を向けた。彼女が降りた駅は、この街の象徴的な観光名所に近い駅だった。ほっそりとした脚で、速くもなく遅くもない速度と一定のリズムで歩いてゆく。夕陽で彼女の姿が黒いシルエットになり、天文台の方角に歩いていく後ろ姿を見て、ジローは足を止めた。もういい、彼女とはきっとまた会える。ジローは彼女に背を向けて反対の方向に歩きだした。

劇場の前広場の一角で、似顔絵を描いている数人の中にジローが加わって数週間が経った。最初は彼らに拒《こば》まれ、幾ばくかのカネを求める者もいた。が、ジローがじっと頭を下げる姿にひとりの男が、「いいんじゃない、ちょっとの間やってみたら」と言ってくれた。ジローは生まれて初めて、人に頭を下げて懇願した。それもグループに入れてもらうために。見知らぬ者たちに向かってじっと頭を下げている間、願いとも希望とも欲望ともつかない感情が彼を勇気づけていることに、ジローは気づいていなかった。

ジローは似顔絵を描くこと以上に、ここに一日中座っていれば、「レインルーム」で見た娘とまた会えるのではないかと思った。それから、素描が描ける最低限の道具を用意した。

時おりジローの前に立ち止まる客もいたが、そのほとんどはジローと差し向かいになるとすぐに立ち去った。「あなたの顔を十分以上も見なくちゃならないなんて無理よ」と彼らの目は無言で語っている。また、ジローとの会話が困難だと分かると去っていく人もいた。

他の似顔絵描きたちは皆、自分の作品をイーゼルの横に置いているが、ジローには何もなかった。それでも興味本位なのか、しばらくジローの向かいの椅子に腰を下ろしてくる者もいたが、無為な時間を弄《もてあそ》ぶように、当然のことながら注文などせずに離れていった。

似顔絵描きのひとりとしてここに座るようになって数週間が過ぎたが、ジローに未《いま》だただのひとりも客がついてないことに、態度の違いこそあれど、ほかの似顔絵描きたちは一様に、ジローへ同情を示しだした。そのうちのひとりふたりとは、小さな会話を重ねるようになっていった。用足しから戻ってくると、まだ湯気の立っているフィッシュ・アンド・チップスがジローの椅子の上に置かれていたことがあった。ひとりがジローを見て片目をつぶり、親指を立てる仕草をした。ジローはちょっとだけ胸が熱くなり、こんな状況もそんなに悪いものじゃない、と思った。

その日の夕暮れ近くになって、ジローの座っている場所とはかなり離れたところから、「レインルーム」で見た娘と似た女の人が、自分の座っている方向を見ているような気がした。顔を認識するには遠すぎた。体全体のフォルムに焦点を充てるように、ジローは彼女の姿を凝視した。

ジローの心のカメラには二つの異なる彼女が記録されている。

心の奥から叫んでいる〝雨〟の中の彼女。感情のない一体の塊となって、駅で座っていた彼女。そしていま自分が見ている女性《ひと》は、午後の傾きかけた陽の中で全身から喜びがにじみ出ている。ジローの心の中の二つの画像と、いま自分の視野にいる女性は、それぞれが別人のようでもある。彼女もしばらくこちらを見ているような気がしたが、すっと体の向きをかえて植物園のある方角に歩いていった。

（六）

なぜ自分がこの寂れたみやげ舎に雇ってもらえたのか、サキは不思議でならなかった。

繁盛している気配はどこにもないし、客があまり来るとも思えない。脚が一つ欠けた椅子を買う人がいるとはどうしても信じられなかった。マグカップや動物のぬいぐるみも他にどこにでもあるような品物ばかりで、一個あたりの値段は安い。

「サキさん、今日から一緒にやっていきましょ。民子です。タミーとかタミさんってみんな呼ぶわ」

化粧っ気のないタミさんは年齢が分かりづらい。

「よろしくお願いします」

サキはぺこりと頭を下げると、気になってしかたがない、壊れた三本足の椅子のことを尋ねた。タミさんは少し考えてから、

「あれはこの前売れたわ」

と、言う。サキは思わず、

「いくらで？」

と、頓狂《とんきょう》な声を出してしまった。タミさんは、

「三万円くらいだったかしら」

と、何でもないように返事をする。サキは心底驚いて、目を丸くして口をポカリと開けたままだった。

「あれを買った人はビジネスでとても成功したそうよ。『安住』に慣れないように、ときどきあの椅子に座って、精神を集中するって言ってたわ」

と言うタミさんの目は、別のことを語っている。

「こまごましたものが多いから、ホコリが溜まらないように掃除をしてね。接客はしばらくの間は私がするから、やり方を見てて。だんだんとサキさんにもやってもらうわね。値段は……あってないようなものもあるわね……。値札が付いてなかったら私に聞いてね。お給料はこれで……」


最初の日は仕事を説明してもらって、半日ほどで終わった。サキは店を出てから天文台のある小高い丘に座って、その日のことを思い返した。

——初めて見たときよりも、もっと不思議な店だった。タミさんは標準語しか使わない。どうしてあの最初に会った日だけ、わたしに広島弁で話しかけてきたのかしら。

壊れた椅子が三万円で売れる……⁉ 自分を醜くしか映し出さないあの歪んだ鏡。見れば見るほど奇妙だ。とても、とても古いアルミの弁当箱もあった。ただ古いだけじゃなくて、押しつぶされたような凹みもある。それと、細かい手仕事が施された、とても素敵な帽子！　あんな美しい帽子を被る人があの店に来るはずがない——

——タミさんはいくつくらいなのかしら。三十代にも四十代にも見えるし、ひょっとしたら五十歳になっているかもしれない。お化粧はぜんぜんしてないみたいだし、髪に数本の白髪もある。肌に艶があって、おでこはどことなく理知的な感じがする。あの瞳にじっと見つめられると、吸い込まれてしまいそう。体が泳いでいるようなコットンの服。声も話し方もとても特徴があって、現実の社会からどこか乖離《かいり》したような存在。まるで遠くの世界からやってきたみたい……。風変わりな店と酔狂な客——あの店は……とても変わっている——

この街で住まいを探すとき、たいていの人は同じような環境の人との共同生活を選ぶ。二部屋の寝室があるアパートメントの一部屋を、ふたりでシェアする募集をサキは見つけた。バックパッカーズに長期滞在するよりも、家賃は安い。これまで人とまともな接触をしてこなかったサキにとって、一つの部屋で他人と寝起きする生活を選択することは大きな決断だった。

サキは入居前、四人の共同生活を想像していた。けれども他の三人の同居人は自分たちを社交的と称し、実際には彼らの友人たちが突然訪れたり、しばしばパーティーと呼ぶ騒ぎが催される。酩酊《めいてい》した嬌声《きょうせい》の中で、サキは耐えきれずにひとりで廊下にうずくまっていたこともあるが、それを気に留める者は誰もいない。後になって気づいたことは、彼らは自分たちの家賃負担が増えないように、おとなしそうな人で、きちんと家賃を払ってくれれば誰でもよいのだ。もはやここはサキにとって、ホームレスよりましなだけの、単なる屋根付きの寝場所だった。居心地の悪さが日に日につのっていった。

そんなとき、「自分で自分を取り戻すんだ――」と出発前に父に言われた言葉が脳裏をよぎる。サキはこれまでも殻に閉じこもるように、無意識のうちに自分を守ってきた。

――音のない小さな箱の中に、わたしはこれまで閉じ込められていたのか、それとも自分から閉じこもってしまったのか……。

わたしはそこから抜け出して、ひとりで外に歩いていけるのか……。母という肉親といた無音の冷たい箱の中から……そして今は騒音だけの箱の中から……――

サキは突然、出発の前夜に父がつぶやいた言葉を思い出した。

「優しさと悲しみが同居するピナのダンス――」

父を見つめるサキに、編集者のやり残した仕事だ、と照れたように言う。が、その口調に反して、その目は限りなく優しく、そして少し悲しそうだった。

サキが幼かったある夕暮れ時、真っ赤な夕焼け空の下で、たった一度だけ父と手をつないで踊ったことがあった。「ピナのダンスだ」と言う声と同時に、サキの体は宙に浮いた。夕陽が眩しいのか、父の目に光るものがあった。

セピア色の写真に閉じ込めた記憶のように、茜色の空の下で体が舞い上がった感覚は追憶の彼方にしか存在しない。サキは今になって思う。父はあの日、もうこの世にいない日菜子を、夕陽の中で抱き上げたかったのではないかと。父の優しさとサキへの慈しみが、「日菜子のダンス」と言うことができずに、〝ピナ〟とごまかしたのではないかと。

——父が〝青の街〟と呼ぶこの場所で、わたしはまだ何もしていない。少しずつでも、人とまともに話ができるようになりたい——

父のがっしりとした手の感触の記憶はいつもサキを支えている。暮らしていける仕事を得られるようにと、サキはまず、小さな箇所だけでも新聞を読むことを自分に課した。

店で働くのは週に二日。仕事の日は、言われていた出勤時間よりかなり早く着いて、店の前でタミさんが来るのを待った。意外なことに、この店にはサキが想像していた以上にたくさんの客がある。

観光客らしき人たちは、タミさんと話しているうちに、買い物が増えていく。タミさんは勧め上手でもなければ、自分からはそれほど積極的に客に話しかけようとしない。彼女の声に特殊な作用があるかのように、客はあれも、これもと手にしている。

「ルバーブのジャムはありますか」

と訊かれたタミさんは奥に行き、真っ赤なジャムが入った小瓶を手に戻ってくる。

「ダンデライオンのお茶はありますか？」

ハイハイと言いながらタミさんは奥に消える。こんなものまで置いてあるのか、とサキにとっては驚きの連続だった。

新婚旅行中のカップルが来店したときのことだ。新妻の買い物がどんどん増えていき、夫が妻の手を引っぱって店を出ようとしたことがあった。タミさんは手ぶらのふたりを追いかけて、おめでとうございますと言って、枕に入れるポプリと小さなテラニウムを渡した。

葉の生い茂った一本の木のそばにベンチが置かれ、その木のそばで男女が立って空を見上げている。ガラスの中に幸せと未来の物語が織り込まれたような、手の込んだテラニウムだった。ふたりは驚き、それから照れたように当惑して店に引き返して、ふたりで一緒にいくつかの品物を選んで店を出た。プレゼントしたテラニウムがけっこうな値段だろうことは、サキにも想像がついた。数日前、あのテラニウムを買いたいという客に、タミさんは売約済みと言っていたことを、サキは思い出していた。

――なぜなの？――

何も買わずに出ていく人もいるが、数時間後に戻ってきた客もサキは幾度か見た。出勤初日、あまりに閑散とした店を出たあとで、タミさんは何か特別な目的で自分を雇ったのではないかと、一瞬でもそのような疑念を持ったことをサキは恥ずかしく感じた。住まいでは心が休まることもなく、シェアメイトに打ちとけることができない日々のなかで、みやげ舎で仕事をする時間が待ち遠しくなっていった。

昼ご飯が終わって店に戻ろうとすると、タミさんが客と話している声が聞こえた。

「なんでまた、あんな無愛想な娘《こ》を雇ったの？」男の声がした。

「あの子はあのままでいいのよ」

どこか浮世離れしたタミさんの声は、人の心にそのままストンと入ってしまう不思議な力がある。サキは、「レインルーム」から急いで戻ってきて、タミさんの無言の声が感じられたあの日のことを思い出した。

その日の仕事を終えて、まだ夕暮れまでに小一時間はあろうかという午後、サキは白帆の形をした劇場の方にぶらりと歩いていった。広場の一角で椅子に座っている数人の似顔絵描きたちの姿に、サキはふと目をやった。ひとりの東洋人を除いて、ほかの絵描きには皆客がついている。客と談笑する者や、真剣な芸術家気どりの「画家」とそれに応える一流の「モデル」風の客。サキは遠くからしばらくその光景を眺めていた。東洋人の絵描きも遠目にサキを見ているような気がする。

「あの子はあのままでいい」

タミさんの言葉がサキの中でこだまして、気持ちが温かくなってゆく。帰路とは反対の方向に歩いていく足取りは軽かった。

（七）

朝から空がどんよりとしていた。天気予報は午後からにわか雨になっている。ジローは最近になってようやく、ここの天気予報があてにならないことが分かってきた。だから雨でも今降ってなければ、たいていの人は傘など持たずに外出する。雨が降ればそのときになって対処すればいいと思っているように見える。濡れたまま歩いている人も少なくない。ティーンエージャーとなると、どしゃ降りの雨でもずぶ濡れで平気だ。

湾が入り組んだ地形のこの街では、フェリーは人々の足となって発達している。朝夕の通勤時間帯には、ビジネススーツを着た人たちがフェリー乗り場を足早に通り過ぎる。天気の良い日はスーツ姿の人たちも、風に吹かれて気持ちよさそうにデッキのベンチに座っている。ジローは自分もかつて組織に属し、ただ自宅と職場を往復していただけの無気力な日々を思い出した。

ジローは一度だけ、バケツをひっくり返したようなどしゃ降りの日にフェリーに乗った。

雨の日のデッキには誰もいないと思いきや、視界が悪いほど激しい雨の中で、ティーンらしき少年が天を仰ぐように顔を上に向けて立ち尽くしている。船首側のデッキにいるから他の乗客の視界に入るはずなのに、誰も気に留めている様子もない。ジローは下船するまでその光景に見入っていた。

外国旅客船ターミナルの横を通り、石畳の小径をジローは歩いていた。観光名所であるこの古い街並みには鬱蒼《うっそう》としたどこか暗い影があり、夜半になればゴーストツアーが行われると誰かが言っていた。天気の良い週末は、多くの人々と立ち並ぶたくさんの屋台で石畳が埋め尽くされる。店が途切れた先に、トンネルと呼ぶには短すぎる半円に切りとられた空洞の前で足を止めた。

海を渡り、遥《はる》か遠い大陸に送られた囚人たちが、ノミとハンマーだけで掘った石の古いトンネルは、晴れた日でも薄暗い。流刑者たちの涙と怨念が染み込んでいるように、長い年月をかけ、強制労働でつくられたいびつな表面はどす黒くなっている。

ジローは美大で石彫を試みたことを思い出した。コツン、コツン、石を削る音がこだまして、囚人たちと自分の境界がぼやけていく。何も考えずに一心に石を削っていたあのとき、自分はいったい何を求めていたのだろう。

壁の向こうから、若い男が自分を見ているかのような錯覚にとらわれた。まっすぐたじろぐことのない青い瞳が、じっとジローを見つめている。怒りでも抗議でもない、あきらめと虚無が入り混じった視線は、ジローの過去と交錯してゆく。ジローはいっこくも早く、この死者の気配に包まれたトンネルから立ち去らなくてはいけないと思った。あの半分の円の先はここよりも明るい。垂れこめた雲の隙間から陽が差し込んでいるのだ。

重い空気を押しのけるように歩いていった先には、間口の狭い家々が横壁を共有して、長屋のように連なっている一角があった。もう観光客を誘い込むような店は見あたらない。人家らしき建物のある一帯は、住民など存在しないかのようにひっそりとしている。

生活感のない住宅地の小径を歩いていると、「みやげ舎」と書かれた小さな看板が掛かった店があった。店の前には、売り物なのかそれともまだ使える粗大ゴミなのか、見分けのつかないものが数点置かれていた。すると店の奥の壁に掛けてある一点が目に入り、ジローは吸い寄せられるように見入った。

生まれ育った町を発つ直前に見た夢の中で、娘が首に巻いていたマフラーによく似ていた。深い闇の中に浮かび上がっていたのは、娘の白っぽい顔の額のあざと、赤とグレーの縞模様のマフラーだけだった。

ジローは中年の店員に、「こんにちは」と声をかけてから店に入った。穏やかな視線で、つかの間ジローを見ていた東洋人の店員は、「何かお探しで？」と言う。壁に掛かっているマフラーは新しいものではなさそうだし、売り物にも見えない。ジローはどのように答えていいのか迷って、店内に目を移した。店に置かれているさまざまな品物の中で、古いアルミの弁当箱に目がとまった。たくさんの思いが込められているであろう、今は歪んでしまった弁当箱に、青い夏の花を入れた画がふとジローの頭に浮かぶ。

この店の佇まいと、この女店員が醸し出す雰囲気がそうさせたのか、ジローはマフラーのことを率直に尋ねた。

「あの壁に掛かっているマフラーは売り物ですか？」

女店員はジローを見つめて、「そうですね……」としか言わない。

それからしばらくして、「何かあのマフラーにご興味でも……」と訊いた。

「僕はこの国に来る直前に夢を見ました。その中で、これにそっくりなマフラーをしている人の夢を見たのです。僕はその人を知りません。でも……妹が……『きっとつながる』と夢の中で僕に言ったのです――僕の妹はずいぶん前に死にました……」

「そうですか……」

女店員の静穏な物腰と声の調子は、ジローが店に入る前と変わらない。

「もしよければ、また店に来てくれますか？」

女店員は温かな人を包み込むような微笑みを向けながら言った。

ジローは「ハイ」と言って、小さく頭を下げて店を出た。


バックパッカーズに戻る途中、空がどんどん暗さを増して、とうとうポツリ、ポツリと雨が降ってきた。ジローはそのとき突然、女店員がジローの顔を見てもまったく表情を変えなかったことに気がついた。ジローを初めて見た人は皆、目を逸《そ》らして顔を背けたり、凝視したりする。戸惑いと不快が相まった感情が、瞬時に眼の中を泳ぐのだ。それからすぐに、そのような行為をした羞恥《しゅうち》や動揺が微かににじみ出る。ジローの左右の目は大きさが異なるからだ。

しかし彼女にはそのようなものは一片たりともなかった。彼女の振る舞いはとても自然で、装っているものではない。客商売のために訓練されたゆえの物腰でもなかった。弁当箱に目をやったジローを、女店員が見つめていた。ジローは彼女の視線に気づかなかった。ジローは体の奥から込み上げてくるような喜びを感じ、雨の粒が恵みにすら思えた。フェリーのデッキでどしゃ降りの雨を浴びていた少年の姿が、脳裏を一瞬かすめる。

ジローの口からそれは思わず漏れた。

「チャキ！」

（八）

ジローのイーゼルには、雨の中で両手を広げ、体を弓なりに反らせた娘の素描が置かれている。みやげ舎から帰ったあと、「レインルーム」で見た娘を描きたい気持ちが強く湧き上がった。

絵の中の娘には、夢で見た娘と同じくらい強い生命力が宿っている。この素描は似顔絵の客用には役に立たないだろうが、広場に持っていき自分の横に置いておこうと思った。

ジローが素描をイーゼルに置くと、似顔絵描きの仲間たちは皆一様に好奇心を抑えきれない面持ちでジローの周りを取り囲んだ。数人が「いいね」と言った。肩をすくめウインクをした男の目の端には、柔らかな皺《しわ》が寄った。少なくとも、このグループに入るだけの最低限のレベルは認められたようだった。最も言葉を交わす男は何もコメントをしなかったが、彼のその表情で「わるくないよ」という好意的な評価が下されたのが伝わってくる。

そしてジローが姿を見せない日に、ジローのことを尋ねた人がいたと教えてくれた。その男は数日後にふたたびやってきた。

「こんにちは」と言った男の第一印象は明るい好青年だった。こざっぱりとしたTシャツとジーンズに、髪は清潔に整えられている。青いキャンバス地のデッキシューズは新しそうだが、高額なブランド品ではなさそうだ。ファッションに対してほとんど知識のないジローでも、彼は服にお金をかける人ではなさそうに感じられた。世界中を放浪しているようなバックパッカーとは明らかに異なり、定職を持ち、ある種の安定した生活をしているように見える。そして両親に愛されて、温かな家庭で育った人なのだろうとも。

「この絵はあなたが描いたのですか？」

「はい」

「いい絵ですね。モデルがいるのかな、それともあなたのイメージ？」

その男は馴れ馴れしさのない適度な節度を持ちながらも、相手に親しみを感じさせる話し方をした。ジローは記憶に刻みこんだ「レインルーム」で見た娘を描いたつもりだったが、今こうして見ると、素描の人物にはみやげ舎を後にした自分の心も投影されている。さらに、フェリーのデッキで、嵐のなかに立ち尽くしていた少年の姿までが透過していた。

ジローは自分の定まらない心が絵に表れてしまったことを知らされた。それも、初めての客になるかもしれない人から気づかされたのだ。

滑らかな受け答えのできない似顔絵描きを、彼はとくに気にする様子もなく、「また来ます。明日もいますか？」と訊いた。ジローは相手の目を見て、印象が悪くならないように努めて表情をつくり、「はい」とだけ言った。

翌日、彼は昨日よりもおしゃれな髪型と服装で、朝一番にやってきた。

「僕、やっぱりあなたに描いてほしいな。お願いできますか？」

「えっ、ほんとうに……」

「でも、似顔絵というよりも、あなたの目で捉えた僕の印象を描いてほしいんだ。極端なことを言うと、ピカソのようになってもいい、僕自身が表れてさえいれば。あなたのフィルターを通した自分を見たいっていうのかな。ただ一つだけお願いがあります。色を加えてほしい。どうかな？」

「はい、やります」

「やっと少し笑ったね。ねえ、名前は？」

「ジローです」

「僕の名前はコージ。コージって呼んでくれる。それから似顔絵、それとも肖像画って言うの？　それ描くのにどれくらいの時間、ジローの前に座ってなくちゃならないの？　僕これから仕事なんだ。予約入っているし。あっ、僕、美容師です」

「もう一度、十五分だけお時間いただけますか。それだけで大丈夫です」

「明後日の午前中でいい？　その日は仕事休みだから」


コージは白い横縞Tシャツの上にネイビーのジャケットを着て、最初に会ったときと同じように感じの良い笑顔を向けた。有り体な言い方をすれば、コージは五月の風がそよぐような清々しさをまとっている。彼は女性客から人気のあるヘアドレッサーだろうと容易に想像がつく。ジローはどうして自分を指名したのか尋ねた。

「ここを通るたびにいつも見てたよ。ジローだけいつもお客さんいなくて、いつもひとりで……。遠くから見てると、あなたは他の似顔絵を描いている人たちと雰囲気がずいぶん違うんだ。初めて話したとき、僕のカンは正しかったって思ったよ。ジローは正直な人じゃないかな。それと、あの雨を浴びている絵、叫びみたいなのが全身からあふれている。生きてる証みたいでさ、僕、あの絵、好きだよ」

ジローは一瞬、ショージキと自分がどんな関係があるのか理解できなかった。雨の絵を気に入ってくれたのは嬉しかったが、自分の心の迷いが表れているのが分かってから、人に見せるのをためらった。

――今は目の前のこの人だけに集中するんだ――

ジローは心の目も用いて、コージの全身を観察した。彼の持つ雰囲気と全体像を記憶に刻もうと努めた。コージの目の光や顔の表情の変化に注視しながら、彼の仕事や子どもの頃の話に耳を澄ました。

「今の仕事好きだよ。テレビや雑誌見てても、この髪型あの人に似合うかなっていつも考えてるんだ。スタイルが決まって、喜んでくれたときはとくに嬉しいよ。気難しいお客さんはまず、シャンプーで攻めるんだ、心を込めてね。美容師になるのはね、高校生のときに決めた。腕一本でどこでもやっていけるから。僕はね、赤ん坊のとき、工事現場に捨てられていたんだ。だからコージ。ジローごめん、本気にした？　ジョークだよ」

ジローは最後にコージの写真を数枚撮らせてもらい、一週間後に連絡する約束をした。きれいな夕焼け空の帰り道、コージの肖像画の構図は決まった。翌日、似顔絵のグループのひとりから教えてもらった画材店に行き、絵の具を揃えた。

横を向いたふたりのコージが、背中合わせになって互いの彼方を見つめている。ひとりのコージは、額にかかった髪にも清潔感があり、春風を味方につけ、あふれる陽光に包まれた若き好青年だ。

もうひとりのコージには、悲しさを心の奥深くに抑え込むように、まっすぐ前を見つめる澄んだまなざしの横顔に、胸が締めつけられるような深い翳《かげ》りが宿っている。相反するふたりのコージを見ていると、同一人物なのか別人なのか、見るものを混沌《こんとん》とさせる。

肖像画に色を入れてほしいという依頼に、ジローは虹の七色を全体に使うことにした。コージに絵を頼まれた日の帰り道、突然、遠い昔の記憶にある夕陽の感触を思い出した。夕立ちのあとの田んぼのあぜ道を、千明と手をつなぎながら「虹へビだ」とふざけあい、乏しい視力でさえ幸せと感じられたあの幼なかった頃の日々。まぶたに光の眩しさを感じることしかできなくて、千明と共に本物の虹を見ることは叶わなかった。僕はいま、この手でコージのための虹を描こうとしている。

早春の芽生えを想わせる方のコージには、葡萄《ぶどう》色と、あの日着ていたジャケットの青藍《せいらん》と、薄群青のダークな色のグラデーションを上からうっすらと施した。翳りのあるもうひとりのコージへは、茜色とあんず色、向日葵《ひまわり》色の明るい暖色をぼかしながら挿し入れる。

そしてふたりの背と背の間には、大地から生命の息吹を感じさせる若草色を細い線で入れ、ふたりをつなげた。陰と陽の色彩が、斜め双方から真ん中に差し込ませた間に横たわるのは、黒い土から芽吹く、小さく強靭《きょうじん》な無数の植物の命だ。

ふたりの手と手は握られているようにも見えるのだが、途中で切る構図にして、見る者に委ねている。二つの横顔はデフォルメさせずに、はっきりとコージと分かるように特徴を捉えて描いた。

けれどもこのように明らかな二面性を強調したような人物画を、果たしてコージが気に入ってくれるだろうか。肖像画として受けとってもらえるだろうか……。ジローには自信がない。何よりもコージにはのびのびとした明るさがある。外見だけでなく話も含めて、少なくとも実際に接した三回限りにおいてだが、ふとした表情からも憂いのような影の部分が感じられなかった。美容師という職業をジローなりに想像しても、コージの礼節ある明るさが、表面的でつくられたようには思えない。コージが自分自身を捨て子と言った冗談が、ジローの描いたものに影響しているのか、何度も、執拗《しつよう》に自問した。

約束の一週間後にコージに連絡して、いつ外から覗いても空席の目立つカフェで、絵を見てもらう約束をした。ジローは少し緊張しているのが自分でも分かった。コージのさわやかな笑顔にも、好奇心や期待と共に微かな不安が入り混じっているように見える。

ジローは絵の包みをゆっくりと解いた。コージは絵を見た瞬間、とても驚いた表情をした。それがどのような感情なのか、ジローには見当もつかない。コージは何も言わずに、じっと絵を見つめている。二、三分も経ってないのかもしれないが、ジローにはこの時間が永遠に続くように思われた。これが肖像画と呼べるかは別にしても、自分に絵を描く依頼がくるとは夢にも思わなかった。絵を描くことを職業にするなど、夢や希望はおろか、現実として考えたことすらなかった。が、今自分は生まれて初めてのクライアントと直面している。これはただリアルなだけの長い夢で、ジローには現実とは思えなかった。

コージはずいぶんと長い間絵を見つめた後で、ジローに視線を向けた。その瞳がわずかに濡れているような気がしたが、ジローはコージの言葉を待った。

「ジロー、ありがとう。とても……素敵な絵です」

コージはまたしばらく無言で宙を見てから、

「僕はいくら支払えばいいの？」

「これだけお願いしてもいいですか」

ジローは紙に書いてきた数字を見せた。コージは驚いた顔をして、何度も頭を横に振った。ジローはコージの仕草をどのように理解してよいのか分からずに、これでも高すぎたのかと困惑した。コージに提示したのは絵の具代と一泊分のバックパッカーズ代だった。

「ジロー、これはあなたの仕事です。代金は、きちんと請求しなくちゃいけない。それにこの絵にはその何倍も価値があると思うよ。もし何十倍の金額だったら、あなたに分割払いをお願いしなくてはならなかった。僕はただの美容師だから、もちろん高給なんか取れない。毎日がんばって働いている普通の雇われ人だ。ジローに肖像画を頼んだのは、僕のこれまでの人生で、最高の贅沢なんだ。なぜだか分からないけれど、どうしてもジローに、僕の絵を描いてほしかった」

　この依頼主が、少なくとも絵を受け入れてくれたことに対して、ジローは何よりも安堵した。さらに、彼が絵を気に入ってくれたことへ、小さな高揚感と喜びが心の奥から湧き上がってくるのを感じた。

「この絵を気に入ってくれたのですね、ありがとう。気に入ってもらえなかったら、お金はいっさい受けとるつもりはなかった。代金は、かかった絵の具代とバックパッカーズ一泊分の宿泊費です」

　コージはバックパッカーズと言う言葉に、えっという表情をしてジローを見た。それからその言葉を小さくつぶやいてから、考えを巡らせるように視線をテーブルに移した。

「この絵を受け取るのは明日でもいいですか。お金はそのときに持っていきます」

「もちろんです」

とジローが言うと、

「じゃあ明日、お昼にあの広場で」

と言ってジローを見た。コージのまなざしには、これまでにないジローへの親密さが込められていた。


翌日ジローはいつもどおり、広場の自分の定位置に座っていた。正午を少しまわってから、足早に自分に向かってくるコージの姿が遠くに見えた。ジローは布袋に入れておいた絵をイーゼルの上に置いた。

「こんにちは、ジロー」と言うと、コージは封筒を差し出した。心とは反対の抑揚のない礼を言ってから、ジローは封筒をそのままポケットに入れた。

「ジロー、ちゃんと中を確認して」

とコージは笑顔で言う。封筒の中身を見てジローは驚いてコージに視線を向けた。提示した金額の三倍以上が入っている。

「これは僕の気持ちです。あの絵を見てると力が湧いてきて、仕事をもっとがんばれるような気がするんだ。ジローにいくら渡したらいいのか分からなくて、それから、どうやったら自分の気持ちが伝わるかと思って、ジローがいないときに、他の似顔絵を描く人に、通常はいくらぐらいなのか聞いたんだ」

「………」

「それから、僕のパートナーはレストランをやってる。一年くらい前に始めたんだけど、どんどん忙しくなっているんだ。テラスハウスの一階がレストランで、上の屋根裏部屋みたいなところが空いているから、よかったらそこに住まない？　僕も一時はそこに寝泊まりしていたんだよ。もちろん家賃なんかいらないし、見れば分かるけど、お金をいただくようなところじゃない。ジローに時間があれば、下のレストランで働いてくれたら助かるし、それはジローしだいだ。もちろんそのときはちゃんと給料を払います。どう、これから見にくる？　ジローが上に住むことは、昨日パートナーに確認してあるから大丈夫」

ジローはここ数週間のうちに自分に起きた旋回するような大きな出来事を、必死に頭の中で整理しようとした。

「コージ、ありがとう、しばらくやっかいになるよ」

ジローは感謝を込めてコージを見た。

「その絵、仲間にもう見せたの？」

不意を衝くコージの質問だった。

「その素敵な絵はみんなに見てもらった方がいいんじゃないかな。僕がこのまま持って帰ったら、この先ずっと、彼らが見る機会はないだろうから」

ジローはこれまで、他人への気配りというものを知る機会がほとんどなかった。この男はこうして、自分とはいっさい関わりのない赤の他人へさえも気遣いをするのか、と改めてコージを見た。

ふたりの様子を遠目に窺っていた似顔絵描きたちは、ジローが絵を覆っている包みを開けるのを、固唾《かたず》を呑んで見守っている。コージの肖像画が現れると、客のついていない画家たちは皆絵を見にきた。満面の笑みの彼らはジローの背中をポンと叩いたり、肩を抱いたりした。それは、ジローが描いた絵の評価というよりも、たったひとりの客もつかなくて、孤独と惨めさのなかで長い時間を寡黙に過ごしてきた、ジローに対する彼らからのねぎらいだった。彼らの温かな体温が伝わってくると、コージの言葉はジローのためだったことに気づいた。

（九）

　サキがみやげ舎で働き始めてから一か月以上が経った。それでも週に二日の仕事では、せいぜい十回ほど働いたにすぎない。店には少しずつ慣れてきたが、仕事を覚えたとはとても言いがたい。来店者の中には、何の目的でこの店を訪ねてくるのかよく分からない人たちがいた。

　最初はまだ若い二十代と思われるような男だった。とても美しい顔をして、スマートな身のこなしでセンスの良い服を着ている。サキが「いらっしゃいませ」と声をかけると、タミさんがサキに言った。

「サキさん、いいのよ。私はこの人と奥に一時間ほどいるから、来たお客さんをお願いね。もし分からないことがあったら、サキさんが適当と思う値段で売ってもいいわ。それから品物が見あたらなかったら、『はい、いつか』ってそれだけを言っておいて。奥の扉は開けないでね」

ちょうど一時間後に、その男は心もち頬を紅潮させて奥から現れ、嬉しそうな顔をして店を出た。翌週も同じことがあった。が、タミさんと一緒に奥の扉の向こうに消えたのは、この前とは違う初老にさしかかる男で、物憂げな様子で店に現れた。今回もきっかり一時間後に奥から出てくると、彼にはどこか安堵したような様子があった。子育てに疲れ果てているかのような、中年の女が訪れた日もある。多少は外出用の身なりに整えてきたのかもしれないが、生活のやつれが彼女の全身からにじみ出ている。けれども一時間後には、店に現れたときのたいそう心配そうな表情は消え去っていた。朗報でももたらされたような晴れやかな顔をして、サキにも満面の笑みを見せた。サキが出勤する週に二日とも奥にいく人が来ることもあれば、一度もこれらの不思議な来店者がない週もある。どうも不定期のようだ。中で何が行われているのかサキには皆目見当もつかないし、またタミさんに訊くのも憚《はばか》られた。

サキがひとりで店にいると、地元の人らしいひとりの客がふらりと店に入ってきた。
「明時代の青花《せいか》の染付けで、小ぶりな壺はあるかね？　蓋《ふた》があって、蓋の上には狛犬が座っているんだよ。右と左にふたつずつ、四つの小さな飾り取っ手もついてるんだ。高さは二十センチそこそこかなあ。もしかしたら蓋には、ヒビが入っているかもしれないねえ」

サキはそのような壺を見た覚えがなかった。だが客の描写が細部まで具体的なので、この店に以前置いてあったものかと思い、一応探してみた。

「すみません、見あたりません。以前にこの店でごらんになったんですか？」

「いいやぁ、どの店でも見たことはありません」客は落胆した様子もなく言う。

「ところであなたは〝ミン〟とはどこの国で、いつの時代か知ってますか？」

サキは視線を落として小さく首を振った。客の声がしないのでそっと顔を上げると、男の穏やかな瞳がサキを見つめている。

「中国大陸の歴代王朝の一つです。一三六八年に建国されて一六四四年に滅びました」

えっと息を呑んで、サキの目と口が小さな驚きを示した。骨董屋でもないこの店に、四百年から六百年以上も昔の品物を探しにくる人がいるのが、彼女にはどうにも不思議でならなかった。

「みやげ舎」という看板がある店に、そのようなものが置いてあると思うのだろうか。それともこの店を訪れる人は、町の特産を探しているのではなく、ここから別の場所へ持って行くための「みやげ」なのかしら？

客が求めているものがなければ、タミさんに言われたとおりに「いつか」と答える。すると客はどうも得心したような顔をする。このような客の態度はサキの謎をさらに深めるだけだった。

タミさんに言われたとおりに、「それでは、いつか」と客に申し訳なさそうな顔をして言うと、客は何度も頷いて、満足そうな顔をして店を出た。

「コーヒーありますか?」と尋ねられるのは、サキがこの店で働き始めてすぐのことだった。するとタミさんが、「はい、いつか」と来店者に答えたときは、そんな予定もあるのか、という程度にサキは思った。けれども、タミさんが言う「いつか」とは、サキが思っている「いつか」と意味が異なるのではないか、といつしか思うようになった。

何かを尋ねて、または探し求めて、「いつか」と言われた客たちは、誰もそれ以上尋ねない。誰もがっかりする様子もない。観光客も地元の人たちも、いつかはいつかでいいのだと、そのままを受け入れて、ふたたび同じ敷居をまたいでこの店を出て行くのだった。


季節はすっかり冬になり、肌寒い日の閑散とした午後にタミさんが言った。

「サキさんがこの店で働いてくれて、助かってるわ。どう、少しは慣れた?」

「はい、少しずつですが……」

サキが口ごもると、

「いいのよ、思ったことを言って」

と、うながすようにサキを見た。

「あの、何人かのお客さんがこられて、一緒に奥に行ってますが……あの……」

サキがためらいながら口ごもる様子に、タミさんは朗らかに言う。

「サキさん、私は占いもやってるのよ。扉の向こうに行くのは、私に占いを見てもらうお客さんのためなの。多い日は一日に四、五人くらい来るときもあるわ。サキさんが来る前は、お店を閉めなくちゃならなかったから、今はとても助かっているわ。

私は子どもの頃から霊感のようなものが強くてねぇ。若い頃は世界のあちこちを放浪したのよ。インドに数年いた間に霊感がさらに強くなっちゃって、あっちで占いの勉強もしたわ。遠くから歩いてくる人を見るだけで、大体どんな人だか分かるの」

タミさんの話は意外なようでもあり、出会いからこれまでのことを思い起こせば、どこか合点がいく。最初に店で働いた日に感じた自分の直感は正しかったのだ、と腑《ふ》に落ちた気がした。タミさんはそれからサキに、まだこの街にいるつもりなのか？　どんなところに住んでいるのか？　と尋ねた。

「できればもう少し、ここでやっていきたいです。シェアメイトは三人と聞いていたのですが、しょっちゅうたくさんの人たちがやってきて、騒がしくなるので……もう少し静かなところに移れればいいのですが……」

サキは優しい父にさえ、自分の望みなど口にしたことがなかった。いや、サキ自身ですら、自分の中に何かを手に入れたいという願望があるなど、これまで自覚することがなかった。それゆえに、サキはいま自分の希望を口にして、それは取り返しのつかないことではないかと、不安と後悔が入り混じりうつむいてしまった。

そのとき若い男性客が入ってきたが、二人は気づかなかった。

「サキさん、引っ越すなら西の方角が吉って出てるわ」

サキは〝西……〟とつぶやいて、タミさんの次の言葉をお告げのように待った。

「サキさんが今住んでいるところから西の方角っていったら、エチュリカ町辺りね」

「……エチュリカは家賃が高そうです……」

タミさんは男性客に気づくと、あらっ、と馴染みのような笑顔をその男に向けた。

ジローは、「レインルーム」で見た娘が突然自分の目の前に現れて、心臓が止まるのではないかと思った。夢の中で千明が、「あの人とつながる」といったほんものが、いま自分の手の届くところにいる。奇跡としか言いようのない現実と直面して、ジローは冷静さを失い、うろたえた。

「いい引っ越し先が見つかるといいわね、エチュリカ辺りで」

サキにとも、ジローにともなく言ったタミさんの言葉が、ふわりと雲のように店の中を漂っている。

サキは気を取り直すように、「いらっしゃいませ」と努めて明るい声を出した。サキに正面から見つめられて、ジローは自分の体がバラバラになって、空中分解してしまいそうに感じられた。ジローの頭の中から、マフラーのことはすっかり消えてしまっている。タミさんは少し離れてふたりを見ていた。

「あの、エチュリカに引っ越したいんですか?」

ジローは自分の言葉が、遠いところから聞こえてくる他人の声のように感じた。それからすぐに、考えもせずに気が動転して発した自分の言葉に驚いた。サキは何と答えていいのか戸惑って、うつむいている。ジローは心を落ち着かせようと店内に目を移すと、古いアルミの弁当箱に目がとまった。

――彼女は傷ついて体全体で呼吸をしているみたいだ。そして僕は傷を隠しながら、必死でもがいている――

――この人の目は優しくてどこか悲しい――

ジローはこの出会いを運命と信じた。必然を偶然として千明が積みかさね、ジローを導いてきた運命だ。千明を喪《うしな》って以来、何に対しても欲望も希望もなかった自分の前に、現実には存在しなかったかもしれない想い人に、ようやく巡り合えたのだ。彼女のことは何一つ知らない。それでも千明が夢の中で「予言」したように、ジローは彼女と「つながる」ことを予感し、求めてもいた。

——もうこれ以上、大切な人を失いたくない——

(十)

屋根裏部屋に住み始めてからまだ数週間しか経っていなかったが、ジローは理由《わけ》もなく確信していた。コージと彼のパートナーなら、あの部屋をサキとシェアすることを許可してくれるだろうと。

「僕はエチュリカ町の端っこに住んでるんですが、僕のところでシェアできるか、家主に聞いてみます。明日もここでお仕事していますか？」

ジローは、サキとタミさんにそれぞれ目を向けながら言った。サキは心の中で驚きと微かな希望を持ちながらもそれを表す術がなく、タミさんを見て、それからジローに視線を移した。タミさんはジローを穏やかに見つめてから、サキに小さく頷いた。

「ありがとうございます。明日は仕事の日ではないのですが、お店に来ます。何時頃来たらいいですか？」

サキと約束した日は、朝から冷たい雨が降り続き、気温もかなり下がっていた。ジローは約束した時間の十五分前に店の前に着いたのだが、サキはその前から店の外で待っていたのだろう。服も靴もぐっしょりと濡れている。

「行きましょう」

とジローがサキに声をかけると、サキはハイと言って横に並んで歩いた。

——〝ピナ〟——

サキの口から漏れた、音にならないつぶやきにジローは気づかなかった。


「ジローにそんな女性がいたなんて知らなかったよ。もちろんいいよ、しばらくの間、一緒に住んだらいい。あの狭いベッドじゃ、ふたり一緒には眠れないよね」

「コージ、ありがとう。でもそんなんじゃないんだ。もう一つ簡易ベッド入れてもいい?」

ジローに何かの事情があるのだろうと察したように、コージはそれ以上訊くことをしない。

「壁に大きなついたてが置いてあるよね。あれを真ん中に移動して仕切りにしてもいいよ。狭いけれど、そうしたらもう一つベッド入るでしょ。壁の端と端に布でも下げて、ベッドの前に吊るせば、プライバシーらしきものも何とかできるよ。そうそう、彼女を近いうちに紹介してね。一応、貸している方としては、住む人の顔くらいは分かっていた方がいいから」

コージと彼のパートナーから示された好意以上の遥かに大きな厚意に、ジローは心の中で何度も頭を下げた。

ジローはレストラン「ティカ」の階上に住むようになってから、似顔絵描きとして広場に座ることはなくなった。あの仕事は絵の技術だけでなく、客との会話も重要であることが分かり、それはジローに最も欠落しているものだった。

レストランは「改装」を徐々に行っている……とはどう贔屓目に見ても言いがたく、修理と修繕を進行中のまま営業しているといった状態だ。「着工前」の一部を見れば、この店がオープンする前は、そうとうなオンボロ家屋だったことが容易に想像できる。さらに、ここはもともと普通の住居で、商業用ではなかったことも。それでもレストランとして客を迎える最低限の機能としつらえは整っており、心地よい雰囲気と料理のクオリティと値段は釣り合いが取れていて、じゅうぶんな固定客を保つだけの魅力を備えている。

コージのパートナーと最初に対面したとき、一目見れば忘れることのできない眼光の鋭さに、ジローはどきりとした。しかも相手は、少なくともコージより十歳以上年上の男だった。清潔な好青年といった雰囲気のコージと正反対の組み合わせは、かなり意外な印象を受けた。が、逆にジローにとって、コージへの親密な気持ちがより増したように思う。

「彼の名前はジミー・エム。仕事はビルダーを半分、あとの半分はレストラン」

と、コージは紹介してくれた。

ジミーは笑うと優しい顔になる。浅黒い肌にボサボサした長めの髪と鋭い目つきは、野生のライオンを想わせる。それゆえに、笑顔を見せたときにこぼれる白い歯と、目尻に刻まれる柔和な皺との落差が際立って、彼をとてもチャーミングに見せるのだ。ジローはこのカップルに親近感を抱いた。彼らがジローにレストランを案内してくれたあとで、自分にもできそうなことがたくさんあるような予感がした。


レストラン「ティカ」は、ベジタリアンとヴィーガンのメニューだけだ。営業日は週に四日、木曜日から日曜日となってはいるが、日曜日は営業しないときもある。それも不定期で、客への事前の知らせもなく突然、気まぐれのように休む。だがこのことで客から苦情がくることはなく、また客離れにもつながらないようだった。ジローから見ると、この突然の休みはジミーの気分次第のように思えた。

メニューの種類は少ないと言ってもいいくらいだ。前菜、サラダ、メインディッシュなどそれぞれ四～五種類ずつしかない。それらに加えてデザートが二種類。お酒は置いてあるが、自分で持ち込むこともできる。ときどきメニューが一品追加されるが、それも気まぐれのように突然現れる。しかもその料理が普段のメニューの種類とは異なる。さらに言えば非常においしい。まるでスター歌手がサプライズで舞台に登場するようなのだ。

シェフはジミーで、もうひとりアシスタントがキッチンにいた。コージはウエイターを担当している。店内には二人掛けテーブルが十個置かれているだけなので、室内面積のわりにゆったりとしている。ふたり以上の客があれば、二つのテーブルをつけて四人が座れるようにアレンジするが、ほとんどの客は二人連れか、ひとりでやってくる。

ジミーは四人以上の客を取らない方針のようだった。メニューに書かれた値段を見ても、利益に頓着していないような向きもある。キッチンの奥には雰囲気の良いコートヤードがある。そこにはゆうに八人は座れるテーブルが置いてあるが、ジローはそこに客がいるのをまだ見たことがない。

ジローが皿洗いの手伝いを申し出ると、コージもジミーも喜んで受け入れてくれた。客は男女のカップルよりも、同性同士の二人連れが多く、ひとりで来る人も少なくない。店にはサロンのような、客同士の間に何かしら共通なものが横たわるような雰囲気がある。ジローは自分の思い過ごしかと思っていたが、あとになってその理由が分かった。

客が比較的少なかった木曜日の夜、早めに閉店しようと片付けをしていると、コージが話しかけてきた。

「今度の日曜日の夕方、空いてる？」

「いつも予定なんかないよ」

「ジミーが久しぶりにコンサート……なんて大げさなものじゃないけど、歌うんだ。彼は昔、少しは名の知れたシンガーだったんだよ。ロックのね。場所は、取り壊し前の建物みたいなところかな。宣伝なんてまったくしないしさ、薄暗くてよく分かんないけど、でもまあ聴いている人、けっこういるみたいなんだよね」


その夜はとくに冷え込んでいた。サキもコンサートに誘ったが、「わたしはいいです」という返事に、ジローはコージとふたりで出かけた。ちょうど日没前に着いたため、足下がまだ自分の目で確かめられた。廃墟《はいきょ》のような建物のあちらこちらに人影が見える。陽が完全に落ちて周囲が真っ暗になると、ジミーが自分の足下を淡いライトで照らしながら現れた。ギターを抱えたライオンのたてがみのような髪の男が、夜の暗闇の中に黒いシルエットとなって浮かび上がった姿に、ジローは映画のワンシーンの中に迷い込んだような錯覚を覚えた。誰かが、ジミーの足下に二つのキャンドルをそっと置いた。

どこかで耳にしたことがあるようなスローロックを数曲歌い、最後にカントリーソングで締めくくった。コンサートの間、拍手をする人は誰もいない。深いヴォイスがときにはセンチメンタルに響き渡り、乾いた冷たい空気を震わせた。最後のトロイの曲はお別れの合図だと、コージが耳元でそっと囁いた。最後の曲が終わるとジミーはキャンドルの灯りを自分で消して、コンサートが始まる前と同じように、足下だけを照らして静かに〝ステージ〟から消えていった。残された静寂の中から、闇に埋没して一つ一つの影となっていた聴衆が皆、同じように自分の足下だけを照らして、無言で去ってゆく。

ジミーの歌は、消えてゆく、形あるものを永遠に葬る儀式なのかもしれない。そして儀式の参列者は自分の思いも共に埋葬するのだ。

その夜、ジローは床に就いてからも、コンサートの残像が脳裏に強く焼き付いて離れなかった。

翌朝、サキは顔を合わせると、

「ジローさん、おはよう。コンサートはどうでした？」

と、深い意味のない朝の挨拶のように訊いた。

ジローは昨夜の出来事を、「良かったですよ」などの一言だけでさらりと返すことができずに、言葉を探した。サキはそんなジローの様子を慮《おもんぱか》るように、

「ジローさんさえよければ、今度ゆっくりお話ししてください」

と言う。自分の気持ちなどほとんど表に出さないサキにしては珍しいことだと思いながら、ジローは体の奥が微かな熱を帯びたように感じた。

コンサートが終わって数週間、レストランに来る客の多くは、法外なチップのように食事代と同じくらいのお札をテーブルに置いていった。テーブルに残された紙幣が、ジローにはあのコンサートへのチケットと重なって見える。この店の客の多くはジミーのファンで、数か月に一度、気まぐれのように行われる日曜日の夜のコンサートを心待ちにしている。平凡でつまらない単調な日々の生活から、魂を揺さぶる音楽がつくりだす、神秘的な空間につかの間、身を置くことを。

コンサートはいつも数日前に突然誰かの耳に入るらしく、その直後に、彼らの独自のネットワークで情報を伝えているのだろう。さらにコンサートから数日すると、とびきりおいしいメインディッシュがたった一日だけ、メニューに加わる。プロの料理人が手をかけて作ったと想像をかきたてられる一品だ。ジローはこの料理も、あのコンサートを待ち焦がれていた誰かが届けているのだろうと想像している。ジローはキッチンにいるから、客がどのような人たちなのか分からない。キッチンの前を通り過ぎて洗面所に行く幾人かの横顔から、あの不思議な時間の共有者たちを推測するしかない。でもそれは、胸が打ち震えた感動をも同時によみがえらせる、愉《たの》しい想像だった。

ある日、ジローが早めにレストランへ下りていくと、奥のコートヤードにジミーとコージの姿が見えた。コージはスツールに腰掛けたジミーの髪をとかしている。高めのスツールに座ったジミーの肩と背中が脱力して、コージの胸にゆったりと寄りかかっているように見える。ジミーが気持ちよさそうに頭を反らせて目を閉じていると、コージは最後にゴムバンドで髪を一つに結んで、ポニーテールにした。ジミーは穏やかな視線をコージに向けながら、自分でバンダナを頭に巻いて立ち上がった。ジローは静かにその場を離れた。

開店前の少しの時間に手が空いたので、ジローはコートヤードに座ってコージとコーヒーを飲んでいた。空の色が夕方から夜に移り変わろうとする、一日の境界のような時間だった。コージが急に、

「ジミーとの出会い、聞いてくれる？」

と言った。

「ジミーのコンサートは、美容室の僕のお客さんから教えてもらったんだ。最初だけその

お客さんと一緒に行って、次からはひとりで行った。ジーンときたっていうか、ブッとんだっていうか——恋に落ちたって言ってもいいかもしれない……。

彼のコンサートはいつも、工事現場になる直前の取り壊される建物なんだ。コンサートが終わってしばらくその場にいたんだよね。そしたら彼が戻ってきて、『なにやってるんだ』ってきつい声で言ったんだ。彼、ギロッと睨《にら》むと迫力あるでしょ。僕、言葉が出てこなくて……。そしたら彼が『名前は？』って訊いたんだ。コージって言ったら、『コージ？どんな意味があるの』って。僕は『赤ん坊のときに工事現場に捨てられたからコージ』って言ったら、彼、あの憎らしいほどステキな笑顔で、僕の肩を何回か叩いたんだ」

コージはひと息ついてジローを見た。コージは「捨て子」のことをきちんと話した方がいいのかを確認するような目をしてる。ジローは軽く頷いて、先を聞く仕草をした。コージも無言で分かったと言うように、首を小さく傾げて話を続けた。

「それから美容師やってるって話したら、いつか行くからって——。そんなことありえないって思ったけれど、一応サロンの名前教えたんだ。そしたら、しばらくしてホントに来た！　信じられなかったよ。それからだよ、僕たちのつきあいが始まったのは。

それから数か月していきなり、『俺、レストラン始めようと思うんだけど、コージも一緒にやらないか？』って言われたんだ。僕はね、ジミーと少しでも長くいられるんなら、何でもやるつもりだった。だけど、彼が普段はビルダーの仕事があるのを知ってたから、どうするのかなって思っていたら、とりあえず、木曜日から日曜日の週に四日のディナーだけ。それからコンサートやりたくなったら、日曜日は休むって言うから、それなら自分にも手伝えるかなと思って始めたんだ。あれからもう一年以上経つんだなぁ」

コージは懐かしい思い出を振り返るように遠くを見た。それからいたずらっぽい表情で、重大発表をするようにひと息ついた。

「ジローは、僕がゲイなのは気づいているよね？　レストランが始まる前にジミーの髪をとかすときとか、彼の肌に堂々と触れられるとき、今は僕にとって、それがいちばん幸せな時間なんだ。これだけは彼、僕に許してるんだ。僕の気持ち、彼知ってるからさ。片思いって言ってもいいかもね——」

コージは、悦びと切なさが入り混じった、泣き笑いのような顔をした。

「君たちは恋人同士だと思ってた……」

ジローが言えたのはこれだけだった。

「ジミーも僕のことをレストランのパートナーって他の人に言っているから、パートナーではあるんだ。ソウルメイトだって僕は思ってるよ。でも残念ながら、恋人じゃあないんだ。でも幸せだよ、彼と一緒に、何か一つのことを作っていけるのって——」

コージは、「さあ、開店時間だ」と言って、いつもの爽《さわ》やかな笑顔をジローに向けた。

(十一)

天窓から朝の陽が差し込んでくると、ジローは目を覚まし、しばらくあらがったあとで眠りをあきらめた。真冬の雨の日を除いては毎朝のことだ。とりわけ夏の朝陽は容赦ない。ついたての向こうで眠っているサキを起こさないように、静かに起き上がった。使い込まれた蜂蜜色の堅固な手触りの小さな木のテーブルを挟んで、二つの椅子が置かれている。ジローは片方の椅子に腰を下ろし、肘をついて目を閉じた。ゴトンゴトンと、遠くの方からトラムの音が聞こえてくる。あと小一時間もすれば、もう一つの椅子にサキが座っている。外に出ようか。

小銭を持って階段を下りていくと、階下のレストランに昨夜の名残りがあった。ナイフやフォークが皿にカシャンと触れる音、香ばしいニンニクの匂い、客たちの浮き浮きとした話し声、暗黙の規律のなかにある享楽をにじませた行儀のよい笑い声、リズミカルに料理を運ぶコージの足音。ひと月ほど前までは、ジローにとって別世界だった幸せそうな空間。今はその片隅に、自分の居場所があるのが不思議でならない。

さらに階段を下りて、二重ロックを外して外に出た。さほど眩しくもない柔らかな冬の光に目を細めて、まぶたに射る陽をなだめるように静かに息を吸い込んだ。

冬の朝の空気はキリッとしている。夜の面影をとどめずに、浄化された大気をまとうようにランニングする人たち。目があえばニコッと微笑む住人が暮らす街。初めてこの街を訪れたとき、ここはジローにとって最も似つかわしくない場所のように感じられた。

すらりとした長身と、整ったと言っても差しつかえのない目鼻立ちは他人に好印象をあたえるはずなのに、かつての彼を知る人はこぞってジローのことを、暗い人、何を考えているか分からない人、薄気味の悪い人と表現した。背中を少し丸めて歩く様子は、颯爽《さっそう》とは対極にあった。

ほどよく盛り上がった筋肉がランニングシャツからこぼれでて、白い息を吐くランナーは、冷たい朝の風を切って走り抜けていく。すれ違うジローは清々しい朝の空気とは不似合いな、どこか影のある若者に見える。夜明けからほどない冬の朝に、この若者が同居する想い人のために焼き立てのパンを買いに行くと誰が想像できるだろう。

この街の住人は他人に好奇の視線を注ぐことをしない。冷たいわけでもなく、無関心とも違う。生まれ育った場所から離れ、肌の色も言葉も、習慣や考え方が異なるであろう、雑多な人々が集まったこの街の空気がそうさせているようにも思える。それでも、自分が道で倒れたら、誰かが見つけ、それなりの施しをするだろう。ここの人たちはみんな、とりわけ男の人が優しいとサキは言う。


テラスハウスの外壁と二階のベランダの鉄製レースは、おのおのが異なる色のペンキを塗っている。アンティークグレー、ミモザ色、薄群青やくすんだ海老茶色の家々の、前庭の多くは手入れが行き届いたとは言いがたい。雑草だけはなんとか伸び放題にしないようにという程度なのだ。なので、一軒だけぽつんと、センスの良い、手がかけられた前庭は人目を引く。いったいどんな変わり者が住んでいるのかと。

住宅地を抜けて、店の立ち並ぶ辺りと境をなす一角の、犬と一緒に眠っているホームレスのそばでジローは足を止めた。擦り切れたマットレスの上で寝ているホームレスの男の足下で、男と同じくらい薄汚れた犬が眠っている。ジローは犬をしばらく見つめていた。

このホームレスにも、希望にあふれ、若い生命の光がほとばしるような時間《とき》もあったのか。慈しみ愛する人はいたのか。何を束縛から解放の代償としたのか。ジローの目は無意識に、この二つの寄り添う生ある物体に話しかけていた。

うっすらと目を開けた犬は、目の前に立っているジローをぼんやり眺めた。ジローは犬の水入れに〝ETERNITY〟とマジックで書かれているのに気がついた。犬の前には「アーサーにお恵みを」と、ギザギザの段ボールの一片にたどたどしい文字で書かれている。アーサーはこの犬の名前か、それともこの男なのか――考えるともなくジローの瞳はしばらく宙を泳いで、それから立ち去ろうとしたとき、ホームレスの男が薄目を開けてジローに視線を注いだ。どんよりした目はジローの存在を突き抜けて彼方を彷徨っている。ほんのつかの間の男の目に生気が宿ろうとした瞬間、ジローは視線を移し、歩きだしていた。

ホームレスの寝場所から道路を隔てた向こう側にベーカリーがある。こんがり焼けたバゲットが籐のカゴから突きでている。朝の活気がみなぎる店内には、中年の女店員がにこやかに、「いらっしゃい」、「おはよう」、「何にしますか?」と客に言葉をかけている。もう少しすれば、ふっくらとつややかなクロワッサンが棚に並ぶ。午後になって、学校帰りの子どもを連れた親たちがやってくると、店の忙しさはピークに達する。男の子も女の子も声音が高くなり、勝手気ままにわいわい声を張り上げ、親同士も喋りだす。女店員の頬が紅潮し、見事に客をさばいていくさまはどこか小気味よい。

「おもちゃ箱をひっくり返して、楽器がはしゃぎまわっているみたい。これはラベルのピアノコンチェルトよ」

いささか得意げな面持ちで喋っている女の客を、連れの男は一瞬ぽかりと口を開け、可笑《おか》しそうに頷いている。老齢にさしかかろうとする少し肥えたカップルを見ながら、ジローは平和だと思った。


生命力の塊のような喧騒が去ると、チョコレートが入ったクロワッサンが置かれている籐カゴはいつも空っぽだ。そのあとは静けさが店内を満たし、午後のひとときを刻むように、夕暮れに向かってゆったりとした時間が流れてゆく。道路に面した窓ぎわに木のカウンターがあり、小さめのテーブルと椅子が数組置かれ、店内にはいつも客がいる。

ジローは初めてこの店に入った日のことを思い出した。すでに一日が始まって活気のある店内では、実直そうな女店員が「いらっしゃいませ」と爽やかな笑顔でジローに声をかけた。注文を聞こうとジローの顔を見た店員は、瞬時にその表情が曇りだしたことすら意識していなかったのだろう。恐ろしいものを見たときに見せる表情と、好奇心と混乱が渦巻いた衝動を隠そうとせず、少なくとも、彼女はその点においては正直だった。

「バゲットを一つください」
という声と、ジローのうつむいた顔を見て、女店員の良心からにじみ出た、微かな羞恥をジローは知った。

——いいんですよ、あなただけじゃありませんから——

ジローは焼き立ての香ばしい匂いのするバゲットを小脇に抱え、その足取りは来たときよりも軽くなっていた。

パンを抱えて部屋に戻ったとき、サキの姿はまだ見えなかった。二つの小さなベッドの間には大きなついたてがあり、それぞれのベッドの一方には布が吊るしてあるので、布の向こう側は見えない。それぞれが寝る場所には形だけのプライバシーが存在はしているが、実際はそのようなものは無きに等しい。その気になれば小指一本でたやすく侵入できるのだから。

しんとしているが、ジローはサキが起きているのを感じた。ケトルのスイッチを入れると、狭い空間に静かな電気音が響きだす。ジローがインスタントコーヒーをマグカップに入れてお湯を注ぐと、コーヒーの香りが広がっていった。

サキは印象の薄い顔をした女だ。それはサキの容姿というよりも、いっさいの感情を深い闇の中に埋没させたような表情のなさからきていた。背はどちらかと言えば高く、体の線が細い。影が薄いというか、存在自体を自ら消そうとしているかのようだ。

ジローはサキの生い立ちを尋ねていない。サキもジローの過去を訊くことはない。それでもジローは、サキ自身が意識できないほど深い心の傷を負っていることを、初めてみやげ舎で出会った瞬間に感じ取った。

サキがこの部屋を見たのは、初冬の冷たい雨が降りしきる陰鬱《いんうつ》な日だった。サキはその場ですぐに、この空間でジローと同居することを決めた。そのときの彼女には迷いや不安がないとジローは感じた。ジローを信用したのかどうかは分からない。表情の乏しい顔から心中を推しはかるのも難しい。これから寝る場所を心配しなくてすむという安堵もなければ、能面のような顔からはもちろん、喜びなどあるはずもない。長い年月をかけてサキに対して向けられていた冷たい感情や仕打ちが、サキの中で忍耐から諦《あきら》めへと移り変わり、心の奥深くに沈殿していったのか。諦念《ていねん》が皮膚の一つの層を形成し、絶望という名の怪物の徘徊《はいかい》を、無意識のうちに封じ込めようとしているのかもしれない。ふたりが初めて言葉を交わしたとき、サキはジローという人間は敵ではないという直感を信じたのだ。

（十二）

ジローとの共同生活は、サキが想像していたよりも遥かに穏やかで快適だった。とりわけ引っ越し前の状態を思えば、今の状況は別世界であり、幸運といっても言いすぎではないくらいだ。家賃は無料《ただ》だった。

「自分が家賃を支払わずにここに居させてもらっているのだから、サキも支払う必要はない」

と、ジローは言う。さらに、自分がレストランで働いているからいいのだとも。この部屋を初めて訪れ、ジローと向かい合ったときに聞こえてきた、「とうとう会えたね」という女の子の声。サキはあの不思議な体験を自分の中で自然に受け入れた。

サキは人と話すのが苦手だ。ジローもその点においてはサキと似ている。ジローはサキに対して決して踏み込んでくることはせず、ほどよい距離を置いた気遣いをしてくれる。普通では考えられないようなジローからの厚意は、サキには大きな謎だ。でも、今はやはりありがたかった。そして家主として紹介された、コージの好印象もまたサキを安心させた。サキはタミさんを信頼している。そのタミさんが、「大丈夫、行きなさい」とそっと背中を押すかのように、あのとき自分を見送ったではないかとも。

かつて、唯一の安らぎであった父のもとを離れて以来、自分の居場所が消滅し、果てしない世界を彷徨い続けているような感覚がサキの中にいつもあった。常に何かに怯えているような感覚と、止めどない不安を取り除くことができなかった。けれども、今はそれらが薄れ、怯えることなく体を横たえ、穏やかな夜の眠りにつける。サキはこれが夢でないことを祈った。

真冬でも天気の良い日は日中の気温がけっこう上がり、Tシャツ姿の人さえ目にするときもある。そんな暖かい日の、まだ陽の高い時間にひとりの客が店に入ってきた。

「コーヒーありますか？」

とその客が言うと、サキがいつものように、

「はい、いつか」

と答えるより先に、タミさんが、

「はい、近いうちに」

と、さえぎった。サキが少し驚いたようにタミさんを見ると、彼女はサキと客に和やかな笑顔を向けている。

その日の午後、タミさんが言った。

「サキさんがこの店で働いてくれて、もう二か月くらいね。週に二日だけの給料だけじゃ、暮らしていくのもたいへんだったと思うけれど――」

「はい、でもジローさんのところに居候させてもらって、今のところ家賃を払わなくてもいいと言われているので、とても助かってます」

「そう、サキさんはそこで何とかやっていけてるのね？」

サキは意志を込めて頷いた。

「前々からコーヒーの販売を始めたいとは思っていたんだけど、私ひとりじゃ無理なことは分かっていたから、誰かいい人がいたらとずっと探していたの。サキさんがこのまま働いてくれるなら、コーヒーを始めようと考えてるのよ。そしたら週に四日はお願いすることになるんだけど、どうかしら、やってもらえる？」

サキはこれまで体験したことのない良いことが自分の身に立て続けに起きて、少し怖い

ような気もしたが、

「はい、がんばります」

と言って、タミさんに頭を下げた。

「そう、よかった。じゃあ、近いうちに準備を始めるわ」

と言うタミさんの目の奥が、柔らかく笑っている。


その夜、ジローはティカの仕事がなかったので部屋にいた。

サキは引っ越して以来、初めてジローに言った。

「ジローさん、お茶でもどうですか？」

サキとこの部屋で同居するようになって、このようなことは初めてだった。

ジローがティカで夜働き、サキは日中にみやげ舎で仕事をしているため、ふたりが狭い空間を共有する時間は、思いのほか長くなかった。サキにしてみれば、目隠し程度の布を垂らしたすぐ隣に、見知らぬ男がいて、寝場所を共有するのだ。サキがこれをどのように捉えているのか、よほど切羽詰まった環境から、一時的に逃れるための手段にすぎなかったのか——ジローには想像もつかない。が、共同生活すると決めた以上、サキもジローも相手への気遣いを示した。とりわけジローは、ささいなことであってもサキに何かを持ちかける際は、ひと呼吸おいてから話した。ジローは、サキが特別な話でもあるのかと思った。

「珍しいね。何かあったの？」

「はい、あっ……でも、コンサートのこと聞きたいです」

ジローはサキが話したいのは他にあるような気がした。それでも、どうやってコンサートのことをうまく伝えられるだろうか、とあのときに思いを馳《は》せていると、サキの視線を感じた。彼女に目を向けると、一メートルも離れていない距離で、初めて互いを見ているのに気がついた。


——濁りも曇りもないサキの瞳の中に、僕が映ってる——


その途端、ジローの頭からコンサートのことは遠のいてしまった。

「もしかしたら何か話があるんじゃないの？」

サキはしばらく床を見ていたが、顔を上げると言った。

「今まで週に二日の仕事だったのが、これから週に四日になるんです……なので、少しでも家賃を払わせてほしいんです」

サキがここを出ると告げるのではないと分かり、ジローは安堵した。真の理由はどうであれ、ここでジローと共に暮らしたいという意思表示でもある。

「コージに今度話してみるね」

とジローが言うと、サキはほっとしたように肩の力を抜いた。

「ジミーのコンサートの数日後、たった一日だけ、とびきりおいしい料理がティカのメニューに加わるんだ。『ジミーが一度だけ、〈これは帝国の墓場だ〉ってボソッとつぶやいた』ってコージが言ってた。ジミーはこの一品を〈オーギー〉ってメニューに書いてるんだ。〈AUGGIE〉だよ。でもジミーは、コージに意味を説明しない」

サキは真剣にジローの話を聞いているように見えるが、ジローの言葉はサキの心を通り抜けていっているように感じられた。

❦

タミさんからコーヒーを始めると言われた数週間後に、エスプレッソマシンを置く台がみやげ舎に運ばれてきた。タミさんは、定休日に店のレイアウトを変えるから、その日はサキに手伝ってほしいと言う。サキが「はい」と返事をすると、

「大きなものもあるから、ジローさんにも手伝ってもらえるか、サキさんから聞いてくれるかしら」

と言った。サキは、タミさんにジローの名前は伝えていた。が、このような形で突然登場した彼の名前は、サキにはあまりに思いがけず、また唐突すぎた。翌朝ジローにこのことを話すと、快く引き受けてくれた。それもまた、サキには意外だった。

サキはジローと一緒にみやげ舎に行くつもりだったようで、ジローに何時にここを出るかと訊く。すると、「その前に用があるから、店で会おう」と返事をした。むろん、ジローに用事などあるはずもない。ジローにとっては、サキと一緒にトラムに乗る、一緒に連れだって歩くなど絵を描くよりも何倍も困難なことで、到底できそうになかったのだ。ジローがみやげ舎に着いたのは、サキよりほんの少し後だった。

新しいエスプレッソマシンはすでに配達されていた。小型ながらその存在感は大きい。銀色に輝いたボディはくすんだ店とは一線を画し、宇宙から舞い下りてきたかのごとく、台の上にちょこんと鎮座ましましている。エスプレッソを抽出する手前のハンドルと、横のミルク用のハンドルにはウォルナット材が使われ、柔らかい手触りの木目と無機質なシルバーメタルが精妙に調和している。

ジローはこれまで、工業デザインの美しさを強く意識したことがなかった。サキはと言えば、圧倒されたようにボーッと見つめているかと思えば、子どものように目を輝かせている。ジローはサキがこのような表情をするのを初めて見た。

——いつもは閉じ込められているサキの心の中がにわかに息づいて、弾きだしている——

ジローの心中にあるサキの像に、躍動感のある曲線が彫琢《ちょうたく》された。

みやげ舎はもとから雑然としている店だったので、エスプレッソマシンの台を入れてから、今はさらに窮屈そうに、物がごちゃごちゃになって一箇所に集められている。

ジローがタミさんに、

「どのように動かしますか？」

と訊く。すると、

「あなたはどうしたらいいと思う？」

と、逆にジローに意見を求めてきた。ジローはしばらく考えてから、タミさんと一つ一つを確認しながら、陳列を整えていく。

雑多で敷居の低いみやげ舎の雰囲気は残しながらも、以前よりも見やすく、レトロと近代化が仲良く折り合った趣のある店になった。新たに生まれ変わった店の様相に、タミさんは満面の笑みを湛え、サキは感心しているようにも見える。

「今までどんなお仕事をしていたの？」

タミさんは屈託なくジローに訊いた。

「市役所で働いていました」

「あらそう、デザイン関係かと思ったわ」

「いいえ、でも……美大で絵を……でもそれを仕事にしたいと思っていたわけじゃないんです。どうしても……形あるものにしておきたい思い出があって――」

タミさんは遠い昔を追想するように、誰にともなくつぶやいた。

「私にも、形に残しておきたい大切なことがあるわ」

ジローが初めてこの店を訪れたとき、タミさんがジローに対して知己のような笑顔を向けたことをサキは思い出した。


日が暮れる頃、タミさんは「今日は、本当にありがとう」と言って、ジローに包みを渡した。開けてみて、とタミさんはうながすような笑顔を見せている。包みの中には、あの赤とグレーの縞のマフラーが入っていた。

サキと同居をするようになってから、ジローはマフラーのことをすっかり忘れていた。夢の中でサキとそっくりな娘が首に巻いていたマフラーを、ジローは今、手にしている。夢で見た情景がジローの脳裏に浮かび上がってくる。千明とサキに似た娘だけでなく、夜の闇の中には、目に見えぬ生命の気配が存在していた。そしてそれらは静かに、自己の生の存在を主張していた。

つかの間、遠くを見るようなまなざしをしているジローへ、タミさんは穏やかな視線を送った。「ありがとうございます」と言って数秒の間頭を下げたジローを、サキは不思議そうな面持ちで眺めている。

帰路、ふたりはほとんど話さなかった。ジローはマフラーに心を奪われていたこともあるが、サキは会話のない連れを、とくに気にしている風でもない。

——「形に残しておきたい大切な思い出がある」

とジローさんも、タミさんも言っていた——

サキはふたりの言葉を反芻《はんすう》した。それから、「お父さん」と心の中でつぶやいた。

ジローは今さっき目に映った、見知らぬサキの表情を思い返していた。それは墨でぼかした水墨画に、強烈で、不釣り合いな色がぽつんと差し込まれたようなものだった。そして自分は、この均衡の壊れた画がこれからより変貌していくさまに、さらなる興味と微かな畏《おそ》れを持ち、惹かれているのだとも。

ジローとサキはそれぞれ車窓を見ながら、トラムの揺れに身を沈めていた。


翌朝、サキはいつもより早めに目が覚めた。みやげ舎に行くのを楽しみにしている気配が、狭い部屋の空気にどことなく漂っている。

――これから週に四日は働くのだから、サキと顔を合わせる時間もさらに減るのだろう。また、サキの新たな一面を垣間見ることもあるだろう。そのときはただ傍らに佇むだけでなく、思いも記憶も共有できるのだろうか――

ジローは、布の向こうのサキの足音を聞きながら、そんなことを考えていた。

（十三）

互いの生活のリズムを知り、ぎこちなさも薄れてきた頃、ジローはサキに訊いた。

「君はほとんど見知らぬ男と同居することを決めて、怖くなかったの？　こんな薄いカーテン一つの隔たりで、危険を感じなかったの？」

「初めてここに来たとき、ジローさんの目を見ているうちに、声が聞こえたのよ。とうとう会えたねって、女の子の声が」


――そして、お父さんのあの言葉も思い出した――


「……僕の目を、サキは気味悪くないの？　……」

深い湖を思わせるサキの瞳は穏やかにジローを見つめて、小さく首を振った。

ジローは泣きたいような小さな身震いを感じた。

――あの夜にチャキが予言したとおりになった――

――お兄ちゃん、やっとあの人とめぐり逢えたね――

ジローは、サキと共同生活を始めたばかりの頃を思い返した。

空間を隔てる布が揺れて、サキが現れた。朝の早い時間でも、夜遅くても、仕事で体が疲れていようともサキの様子はいつも変わらない。

「ジローさん、おはよう」

化粧をしていない顔に艶やかな髪がさらりと揺れる。

「サキ、パン買ってきたよ。コーヒー飲む？」

見るからに安そうな化繊のワンピースを着たこの若い娘は、返事の代わりに少女のようにコクリと肯《うなず》いた。ジローはバゲットを切って、木のカッティングボードの上に三切れ置いた。湯気が立ちのぼるコーヒーにサキがミルクを少し入れるのを見届けると、ジローは仕切り布の向こう側の「寝室」に消える。この静穏なひとときはジローの心をいつも温かくさせた。

初めてふたりで朝食を食べようとしたとき、サキは心なしかこわばった面持ちで、何も手をつけようとしなかった。

「どうしたの？　これだけしかないけれど嫌いなの？」

「ごめんなさい、わたし、ずっとひとりでしか食事をしたことがないから、誰かが目の前にいると食べられない……」

「気にしなくていい。サキが食べている間、僕は向こうにいってるから、ゆっくり食べるといい」

ジローは横になって目を閉じていた。コトンとカップを置く音や、微かにコーヒーをすする音が聞こえてくる。自分の大切な人がそばにいる。ただそれだけでいい。ひたひたと満ちてくる温かな想いにウトウトしていると、「ジローさん、仕事に行ってくる」という声がした。ジローはそのまま、「ウン」とだけ答えた。


ある晩、サキは子どものときの話を〝カーテン〟越しにジローに語った。

——物心ついた頃から、ご飯はいつもひとりで食べていたの。お母さんはわたしだけの食事を用意するの。まだ幼かったわたしには、ひとりぼっちのテーブルはとても大きく感じた。ご飯がすむと夜八時にはわたしを寝かそうとしたわ。朝ご飯もひとり、学校がない日のお昼もひとり。これが普通なのかと思っていたら、ある日そうでないことを知った——

——学校から帰る途中、どしゃ降りの雨が降ってきた。一緒に下校していたクラスの子の家で、雨宿りをしていたの。その子のお母さんは何か言いながら、わたしたちをタオルで拭いてくれた。笑顔でわたしたちに話しかけながら、甘いレモンティーと買い置きのクッキーを出してくれて……。その子は母親の前でくつろいで、ちょっとわがままなくらいのびのびとしてた。学校で見る、内気でお行儀のよい子ではなかったわ。とても自然で、この子は学校では別の顔を持っているんだって気がついたの。その家の中には、氷が張ったような冷たい気配はどこにもなかった。その時、わたしの心の中がざわざわしているのを感じた——

――わたしのお母さんは家にいることが多かったけれど、わたしにかまってくれることはほとんどなかった。話しかけるのは最低限、用がある時だけ。わたしが話しかけると、今忙しいからあっちに行きなさい、といつも言われた。シーンとした死んだような家だった――

――一年に一度だけ、クリスマスの日にお父さんとふたりで食事をするの。この日はお母さんが教会に行っていないから。ふたりっきりのクリスマスランチのために、お父さんはひと月以上かけてクリスマスプディングを作るの。たくさんの味が染み込んだプディング。レーズン、プルーン、カランツ、オレンジやレモン、シナモン、ナツメグ、ブランデーも入っているってお父さんが言ってたわ。いろいろな味が口の中で溶けて、じわっと広がっていくの――

――メイン料理はビーフシチューよ。お肉がとろけるほど柔らかくて、じゃがいもとにんじんにも味がしっかり染み込んでいるの。それからリースのサラダ。ゆでたまご、トマト、インゲン、レタスが彩りよくお皿に盛り付けられているの。こんな料理がテーブルに並んでいるのを初めて見たとき、本当にびっくりした。今日はクリスマスだからって言いながら、キャンドルをつけて……。そうすると、キャンドルの灯りの向こうで、お父さんの照れたような顔が揺れている——

——学校でもひとりぼっちのことが多かったから、わたしは人と話すことがとても苦手になってしまった。でも、向かいにお父さんが座っていると、少しは話ができるの。お父さんは笑顔の奥に深い悲しみがあるような目をしているわ。あまり口数の多い人ではないけれど、ボソッとジョークを言ったり。笑うと目尻が下がって、わたしはいつも温かな気持ちになれる——

——少しずつ食べなさいって言って、クリスマスの夜に残りのプディングを小さな容器に入れて、渡してくれるの。次の日から毎日ちょっとずつ食べて、最後の一切れになると、わたしはその小さな塊を毎年長いこと眺めてた。口の中に入れても、その一切れだけは味がしないの。悲しくなって、ドロドロの茶色い塊を紙に包んで吐き出した——

目を閉じて聴いていたサキの声は、まるで別人だった。静かで、抑揚のない話し方だけれど、木々の新緑が一斉に芽吹いていく、生命がほとばしるような力が声のずっと奥に隠されている、そんな響き。能面のような顔はそこにはなかった。クルクルと黒目を輝かせながら、いたずらの作戦会議を提案する、キッズグループのリーダーのような声。表情豊かで、弾けるようなボーイッシュな声。

——僕はサキの何も見てないのかもしれない。そして今も、きっと彼女のことを何も知らないんだ——

「サキ、今夜はとても饒舌《じょうぜつ》なんだね」

返事の代わりに、サキの小さな吐息が聞こえた。

(十四)

「もしかしたらジミーは、僕と同じくらい強く、ジローがここに来ればいいいって思っていたのかもしれないよ」

　ジローはコージの言葉に耳を疑った。

「どうして？　コージは僕のこと、いったい何て説明したの？」

「アーティスト、さ」

　ジローは呆気《あっけ》にとられた。コージはニヤニヤしている。

「僕はアーティストなんかじゃない。アーティストになりたいとも、それになれると思ったことなんか、たったの一度もないよ」

　ジローは美大にいた頃を思い出した。そこには芸術家を目指し、自分の才能を信じている者たちが確かにいたことを。彼らは自分とは別世界の人たちだった。そのとき、どこか無邪気で、深い湖のような目をしたケンゾーを思い出した。

「僕の肖像画を最初に見たとき、ホントにびっくりして、心臓が止まりそうになったよ。あぁやっぱり……どんなにがんばって、良い環境で育ってきたように振る舞っても、やっぱり分かっちゃうんだなあ……って――」

　ジローはコージの言葉の意味が理解できずに、首を傾げた。

「僕は生まれてすぐに、本当に工事現場に捨てられていたんだ。施設で育ったんだよ。そして高校生のときに自分がゲイって気づいたんだ。学校ではいじめにもあった。それから、同性愛者なんて人間じゃない、って言い放った教師さえいた……。一時グレたこともあったけど、ある日、こんなことしてもダメだって気づいた」

コージはひと息ついた。

「それからは、スキルがあればどこでも生きていけると思って、美容師を目指したんだ。いろんな人を見て、どうやったら人と上手に接することができるのか、どう振る舞ったら育ちが良さそうに見えるのかとか、あの頃はずっとそんなこと観察してた。でも、この国に来たら、そんなこと、なんかバカらしくなっちゃって……もういい、僕は僕で、って思えてきた……。ジミーに初めて話しかけられたとき、自分の名前に感謝したよ！ ついでに孤児だったことすらだよ！」

何かが吹っ切れたような言い方だった。

「だからジローが描いてくれた絵を見て、どんなに取り繕ったところで、ふたりの僕は、やっぱりアーティストの目には見破られちゃうんだって……。寂しそうな僕の方には、虹の明るい色をのせてくれたよね。それから、ふたりの僕の間には、命が芽生えるような緑があったじゃない。あのとき、思わず……さ、涙、出てきちゃって……」

ジローはあの日のことをはっきりと覚えている。あのときのコージの涙は、自分の思い違いではなかったのだと。

「僕の今の夢はね、父親になることなんだ。女の人と結婚して――ってことじゃないよ。この前、ゲイのお客さんが美容室に来て、あとで彼のパートナーが赤ちゃん連れて、そのお客さんを迎えにきたの。ベビーカーの中に赤ちゃんと二歳くらいの子がいてさ、両方とも代理出産だって言ってた。だからふたりの子どもたちは、それぞれの血のつながった、本当の子どもなんだって。僕の人生に子どもがいるなんてありえない――ってあきらめていたけど、もしかしたら、いつか、僕にも家族ができるかもしれない……」

ジローはかつてないほど、コージに対して親密な気持ちを抱いた。

「家族ってジミーと?……」

ジローの問いにコージはしばらく考えてから、言葉を探すように言った。

「そうだね……ジミーと本当の家族になれたら……素晴らしいよ。でも、それは彼ではない気がする。ジミーは誰と一緒にいても、孤独のままなんだよ。その理由は僕には分からない……。彼は僕とは違う、何か、とても大きな喪失感みたいなものを抱えているように感じることがある……。もしかしたら、僕がジローの絵のことを話したとき、ジミーは瞬間に、ジローのこと感じ取ったんじゃないかな。ジミーはアーティストだよ、僕は、ジローもアーティストだと思う」

あの暗闇のコンサートには、まぎれもなく、無言の祈りが込められていた。それは、逝《ゆ》く者を見送り、また、遺《のこ》された者への永遠の合掌なのかもしれない。

――僕の中には、あれからずっと、そして今も、チャキがいる――

「あのコンサートの最後に、ジミーがトロイの曲を歌ったの覚えてる？」

もちろんジローは忘れていない。コージが耳元でそっと囁《ささや》いた〝別れの合図〟という言葉も。

「ジミーはアボリジナルなんだ。肌の色からだと分からないけどね。そしてトロイは、ジミーが大好きなアボリジナルのシンガー。ジローは僕の肖像画に虹色を入れたよね。アボリジナルの伝承には〝虹へビ〟もあるんだよ。ジミーに僕の肖像画の話をしたら、ジミーは『虹かぁ』って言って、遠くを見るような目で笑ってた――」

コージの口から突然出た〝虹へビ〟という言葉。それはジミーと、さらに何万年もの先住民の歴史とつながっている。

レストランの名前「ティカ」は、アボリジナルの言葉で、「座って」っていう意味だとコージは言った。

――〝虹ヘビ〟……チャキが生きていたそんな前から、僕はジミーと……そしてケンゾーと、それからあの「ゆりかご」に眠っている先住民とつながっていた？　……。見えない、大きな縁が巡りめぐって、一つになってゆく――

ジローは気が遠くなっていくようだった。そして、「父親になる、家族をつくる」というコージの言葉は、ジローの心の中に深い杭を打ち込んだように響いた。

（十五）

サキがみやげ舎に居る時間は、以前とは比べものにならないほど増えた。仕事が終わった後、タミさんに頼んでエスプレッソマシンの使い方や、コーヒーの淹れ方を教えてもらっている。何かに対して、サキが熱心に請う態度を見せたのは初めてだった。サキは感情の表現が乏しいせいか、彼女なりに懸命にやってはいても、一見するとそれが分かりづらい。それでもタミさんは、サキの誠実さはこの店にふさわしいと思っている。

サキがここまでコーヒーを淹《い》れることに執心するとは、タミさんは思いもしなかった。さらに、感情表現の乏しいサキに、一般的な意味合いでの好ましい表情があらわれることも。

わずかではあっても、笑うことや、目を見張る仕草。じっと息を詰めて見つめた後に、ほっとして息を抜く、安堵の心の内。うまくいかなかったときに見せる、小さな落胆。たった一度だけ、カプチーノのミルクの泡がとても滑らかだったときの、満足そうな顔。こんな当たり前の感情の機微を、これまでのサキに見ることはなかった。タミさんは、彼女が誠心込めたコーヒーを飲む人の、嬉しそうな顔が目に浮かぶ。

数週間にわたって練習をした後に、サキが初めて客に出したのはラテだった。


ファッションモデルかと見紛うばかりの、美しい容姿を持った男性客が入ってくると、「サキさん、お願いね」というようにタミさんが目くばせした。彼は、すれ違ったほとんどの人を振り向かせるのにじゅうぶんな端正な顔立ちと、ナチュラルな格好の良さを兼ね備えている。数か月前にサキがこの客を初めて見たときに、特別な意識を向けた男だった。占いの鑑定のためにタミさんと奥の部屋に消えて、それを知らなかったサキが初めて訝《いぶか》しんだ客。サキはそんな彼の顔さえも目に入っていなかった。この日のために、サキはずっとコーヒーを淹れる練習を重ねてきたのだ。

カプチーノ、モカ、ラテ、マキアート、エスプレッソ、チャイラテ、フラットホワイト。サキが今、客に提供できるコーヒーの種類。ミルクはレギュラー、低脂肪、スキムミルクの三種類だけだ。

「ラテをください」

「はい、ありがとうございます」

彼は、サキが淹れるコーヒーの初めての客になる。

サキがカップを手渡すと、客はギリシャ彫刻のような素敵な口元にカップを当て、ひと口飲んだ。サキが彼の喉元を見るのと、「ありがとう、おいしいよ」という声が聞こえたのは同時だった。サキはほっとして肩の力を抜いた。手元を見つめているサキへ、美男の客は優しいまなざしを向け、タミさんへは爽やかに片目をつぶった。サキはその日、十杯のコーヒーを客に手渡した。

店の閉店時間に合わせて、サキはエスプレッソマシンを丁寧に片付けて、タミさんと一緒に店を閉める準備をした。サキに「お疲れさま」と言うタミさんの声には、いつもよりたくさんのねぎらいが込められている。

「お疲れさまでした。ありがとうございます」

と、サキもまたいつも以上に長く、深くタミさんに頭を下げた。

「初めてのコーヒー、どうだった？」

微笑みながら、サキに訊く。

「はい、あの……」

サキは、自分の気持ちを上手に伝えることができないもどかしさを感じた。そんなサキをタミさんは目を細めて見ながら、「帰ろうか」と言って、店を出た。ふたりは連れ立って、すっかり陽が落ちた住宅地を抜けて駅に向かった。


小さな屋根裏部屋には天窓がある。窓に覆いがないから夜空はよいとしても、朝陽が差し込むと眩しさで眠りを妨げそうだ。ジローが天窓のない側を希望したため、サキは天窓の下のベッドで眠ることになった。

屋根裏部屋のすぐ下の階の端には、小さなキッチンとバスルームがコンパクトにまとめられている。それ以外の二階の部屋のドアは閉じられていて、ジローは中を覗いたことがない。キッチンのそばに一階への階段があり、階段を下りた向かいが、レストランのキッチンになっている。そのままコートヤードに抜ければ、レストランの客とは顔を合わせることなく、外への出入りができるようになっていた。

屋根裏部屋の下の簡易なキッチンには、時代を感じさせる、がっしりとしたオーブンが備え付けられている。キッチンの片隅には、古びた木のテーブルと二つの椅子が置かれているが、ジローとサキはこれまで一緒に食事をしたことがない。と言っても、ジローは夜の大半はティカにいるため、自分で料理をすることはそれほど多くなかった。

サキが初めて客にコーヒーを淹れた翌日の昼下がり、キッチンからお菓子を焼くような、甘い匂いがした。今日はティカは休みだった。ジローが外から帰ると、二階に上がる階段の途中まで焼き菓子の匂いが漂っている。

「菓子を焼く姉、ドアを開けると甘い匂い」

という言葉だけが、ジローの心の中で深い眠りをむさぼっているかのように棲《す》んでいる。おぼろげな記憶は嗅覚を伴わずに、誰かの幼い声だけが遠い彼方から響いてくるのだった。

ジローがそのままキッチンに行くと、サキがいた。

「お帰りなさい、ジローさん」

「サキ、ただいま。何作ってるの？」

サキはオーブンの前に椅子を運んで、そこに座っていた。「クッキー」と答えてジローに目で微笑むと、またオーブンの中に視線を戻し、分厚いガラスの向こうで燃えるガスの炎をじっと見つめている。サキの横顔を見ながら、ジローは隣に座っていいかと訊いた。サキは何も言わずに、コクンと肯く。

炎を見ているうちに、この街に来る前に「ゆりかご」の絵の山を訪れ、そこで見た夢をジローはようやく思い出した。「ゆりかご」の山のある水辺の近くで、疲れ果てた体が深い眠りに落ち込んでしまい、そのときに見た夢の話をした。

その夢にはジローの知らない、おかっぱ頭の小学生くらいの女の子が出てきて、

「雪の日はお姉ちゃんがケーキを焼いて、とても甘い匂いがする」

と、ジローに嬉しそうに語ったことを。

ジローは女の子が着ていたコートやマフラーとそのときの情景を、頭の中の記憶のページをめくるように語った。そして少女は、黒のワタリガラスを友だちと呼んでいたことも――。

「わたしにも妹が……」

と言って、サキはしばらく沈黙した。

妹とつぶやいたその表情は、サキが初めてこの部屋を訪れたときに、深い心の傷があると感じた、寒い雨の日のことをジローに思い起こさせた。

「そっと膨らんでいくお菓子を見ているのが好き。温かな気持ちになれるから――」

ジローの話を聞き終わると、サキは静かに言った。

サキが子どもの頃、父親がクリスマスプディングを焼いてくれたことをカーテン越しにジローに語ったのは、その夜だった。ジローはサキの話を聞きながら、数時間前のことを思い返していた。焼き上がったクッキーがのったテーブルに向かい合い、初めてふたりがキッチンで、一緒にインスタントコーヒーを啜っていたひとときを。

無表情だったサキが時おり見せる心のひだに、ジローは吸い寄せられてゆく。そしてサキを支え、サキの心を占める父親の存在の深さに、彼女が無意識であることもジローは感じた。


その翌日、サキは手製のクッキーをみやげ舎に持ってゆき、タミさんにどうぞと言って紙袋を差し出した。一つを口にして、「とてもおいしいわ」と言って顔をほころばせ、また作ってきてほしいと言う。次に、サキがこの前とは違うクッキーを焼いてタミさんに手渡すと、「やっぱり、とてもおいしい」と、自分の判断が正しかったことを確認するかのように幾度か頷いてから、おもむろに言った。

「サキさんの手作りクッキーを、コーヒーに添えたらどうかしら。もちろんその分コーヒー代は値上げして、サキさんにもちゃんと支払うわ。無理のない範囲で考えてみて」

タミさんのこの提案は思いつきではなく、最初に手渡した後から考えていたようである。自分の作ったものを売るなど、サキにとってはあまりにも思いがけない話であったが、考える間もなく、「はい、やってみたいです」と声が出ていた。

❦

キッチンのアシスタントが辞めたこともあり、ジローはいつの間にかティカで週に四日、すなわち、すべての営業日に働くようになっていた。もとから、この街でやらなくてはならないことなどなかったにしても、このような変化が起きるなど、数か月前のジローには想像すらできなかった。千明を喪《な》くしてから、ジローは何に対しても、興味や楽しみを見いだせないでいたのだから。

――こんな自分は、サキが父親から聞いたと語ってくれた、アラスカの人里離れた入り江で暮らしている世捨て人に似ているのかもしれない――

どこか空っぽな心を抱えつつも、ジローはティカのふたりの男たちと一緒にいる時間が心地よかった。ジミーもコージも何か深い喪失を隠しながら、ジミーのまなざしは温かく、コージの視線はいつも、誰に対してもまっすぐで明るい。そしてティカから支払われる予想外に多い給料は、ジローを力づけた。

ある日、ジローが描いたコージの肖像画が、キッチンの先にある洗面所とコートヤードの間の壁に掛けられていた。ジローはレストランにあの絵を掛けるのもどうかと思い、コージに尋ねた。すると、「これはジミーが望んだこと」と笑顔で返してきた。その場所は洗面所に行く客でも注意をしないと目にとまらないので、ジローは気にせずにいた。

けれどもいつしか、だんだんと洗面所に行く客の数が増えていった。ジローがキッチンを通り過ぎる客を見ていると、その多くはコージの肖像画を見に行っていた。席に戻ってからその絵についてコージに尋ねた客たちは、こちらの方に引き返してくる。それから、キッチンにいるジローに、親指を立てて「いいね」の意思表示をしたり、直接「素敵な絵だ」と褒めたり、「ヤァ」と声をかけてくる客が一日に数人はいるようになった。ジミーはそんな様子を、まるで我が事のように満更でもない顔をしながら調理を続けている。

それから数週間して、コージがニヤニヤしながらジローに話しかけた。
「ジローも見てお分かりのように、ティカって、まさに修理中、修繕中、改装中じゃない。それでジミーが、ジローが好きなようにティカをデザインしたらどうかって言ってるんだけど、ジローはどう思う？」

思いがけない提案に、ポカンとしてコージを見た。ジミーやコージと共に一つのことを作りあげてゆく作業は、ジローにとっては願ってもない話だった。

勘の良いコージは、ジローが引き受けてくれたと理解した。
「しばらくティカを隅々まで見てから、何かアイデアが出たら、三人で相談しようよ。ペンキの塗り替えもいいよ。ただ一つだけ、手をつけられない場所があるんだ。壁の一箇所に〝ETERNITY〟って殴り書きのように書かれているところがある。それだけは絶対に消してはならないんだ。実はね、ここはジミーがある人から譲り受けたか、無償で貸してもらってるらしい。どっちか分からないけど、条件はただ一つ。壁に書かれている〝〝ETERNITY〟の文字を残しておくことなんだ」

「もう少し、詳しく話してくれる？」

ジローは言った。

「ジミーもちゃんとは分かってないんだけど……。昔、アーサー・ステースっていう名前の退役軍人がいたんだって。彼は読み書きができない。自分の名前すらまともに書けない。それからアル中だった。兵役を終えてこの街に戻って十年くらいしてから、突然『神からの啓示だ』って言って、街の階段や壁のいたるところ、五十万箇所ぐらいに黄色のチョークで〝ETERNITY〟って書き殴ったんだ。早朝に起きては書き続けて、二十回以上も警察に捕まって、それでも三十年以上死ぬまで続けた。今それが残されているのは唯一、中央郵便局の時計台の塔の中って言われてたんだけど、ここの壁にもあったんだよ。

ここはもともと個人の家だったし、築百年くらい経ってる。アーサー・ステースが死んだのは五十年くらい前だから、ありえない話じゃないんだ。鑑定とかしたわけじゃないから、もちろん本物かは分からないけれど、ジミーは本物だって信じてる。それに何よりも、それがここを使わせてもらう条件だからね。あとはどんな風に使ってもいいって言われてるんだ。アーサー・ステースはミスター・エタニティって呼ばれて、都市伝説になってしまったんだ」

アーサーと〝ETERNITY〟の二つの単語は、ジローの中ですぐに結びついた。

「ジローも気がついていたんだ。あのベーカリーの向かいにいるホームレスと犬のことだよね？　ここの住人はどこかで彼らを認めてるようなところがあるんだ」

「どういうこと？」

「あのホームレスは、ときどき、彼のいつもの寝場所からいなくなる。まるで旅行にでも行くみたいにさ。それで、ホームレスじゃない別の人っていうか、もしかしたらこの近所の住民の誰かが、あの犬を散歩させているのを見た人がいるし……。それに、ジミーも一度だけ、彼をティカに食事に呼んだらしい」

えっ、とジローは声を出した。

「もしあのまま汚いホームレスの格好で来たら、コートヤードで食事してもらうつもりだった。コートヤードの扉を閉めちゃえば、中からは見えないし、犬も一緒でもいいと思ってたらしいんだ。でもその日、彼はけっこうこざっぱりとした服を着て、ひとりでやってきた。ジミーが、レストランの中とコートヤードのどっちがいいか聞いたら、彼はコートヤードを選んだ。僕はその時はいなかったから、後でジミーが話してくれたんだけどね。ジミーにその時訊いたんだ、『どうしてあのホームレスをレストランに招待したの？』って。そしたら、彼、ギロって僕を見て『お互い〝ETERNITY〟でつながってるだろ！』って――」

コージの話がひと息つくと、ジローが言った。

「犬の水入れに〝ETERNITY〟って書いてあるよね。それから段ボールに『アーサーにお恵みを』って。どっちがアーサーなの？」

「僕は知らない。たぶん、ジミーもホームレスの彼に訊いていないと思う。どっちでもいいんじゃないかな。ひとりのホームレスと犬が、一対になってあそこで生きている。町の人たちはそれを排除しない。それを助ける人すらいる。ただそれだけなんだよ。

〝ETERNITY〟――永遠に〟って何だろう？　僕にはすべてが永遠でもあるし、そんなもの、どこにもないようにも思うよ」

幸福を味わうことなどほとんどなかったであろう、コージの子ども時代。困難を乗り越えてきた者が持つ強さと優しさを、ジローは改めてコージから感じた。

――彼はノマド《放浪者》だ。何もかも捨てて、一匹の犬と放浪している。僕もサキも、他者に関わることが不器用なまま、これまでずっと彷徨《さまよ》ってきたんだ。そして、ジミーとコージに拾われ、救われている――

「ゆりかご」の山で深い眠りに落ちたとき、温かな体温の動物にしっかりと身を寄せていた感覚がジローの中で満ち潮のように寄せてくる。そのとき、サキをティカに招待したいと強く思った。

（十六）

まぶしい光を引き連れて、突然、春がやってきた。「春の気配」や「冬の名残り」といったいささか感傷的で、緩やかな時間の流れを見事に切り捨てた、乾いたこの土地にふさわしい春の登場だった。

一つの季節が通り過ぎて、サキとジローの同居にも、生活のリズムやふたりの距離の取り方が醸成されてゆき、ぎこちなさはもうなくなっていた。

ジローはホームレスのいる道の向かい側のベーカリーへ、週に三回足を運ぶ。二日は焼き立てのバゲットを選び、木曜日はクロワッサンの日だ。サキから「木曜日の子ども」という話を聞いてから、ジローは毎週木曜日に、この店の人気商品であるクロワッサンを朝のテーブルにのせた。ベーカリーの店員は、ジローが必ず木曜日にクロワッサンを求めることに気がついた。けれども、サキがそれに気づいているのか、ジローには定かでない。同居したばかりの頃は、サキはひとりで食べるのを望んだが、いつしかふたりで一緒のテーブルにつくようになった。サキもジローもあいかわらず会話は苦手だった。が、無為な会話をせずとも、穏やかな時間を共有できる相手がいるのは、どちらにとっても幸運なことであるのは身に沁みて分かっていた。

コーヒーの販売は順調だった。多い日は一日に七十杯以上が売れる。平日はランチタイムになると、働いている人がこの辺りまでやってくる。観光客はいつを問わず、ちらほらと店を訪れる。近所の人たちも散歩がてらという風情で、ふらりとみやげ舎にやってきてはコーヒーを手にする。サキが焼く手製のクッキーも好評だった。作り手の負担が大きくならないように、「クッキーは一日に何個まで、作るのは週に一回だけ、売り切れれば、完売と告げればいい」と、タミさんは言う。サキは週に五日みやげ舎で働くようになり、タミさんにとって欠かすことのできない、頼りになる存在になっていた。

コーヒーの販売と接客に慣れてくると、サキにも少しずつ客を見る余裕がでてきた。決まった曜日の、決まった時間にやってくる客たちの顔を、サキは覚えていった。

ある日、コーヒーの紙コップを渡した手が褐色の客に、「ありがとうございます」と言ってサキは顔を上げた。サキはどちらかというと身長は高い方だが、いつもはコーヒーを淹れて客の手に渡すことだけに集中しているせいか、その男性客の喉元から胸ぐらいしか視界に入っていなかった。初めて意識して見たその客の顔に、サキはドキッとした。黒曜石のような瞳が彼女に笑いかけていて、彼の真っ黒な瞳にサキが映っているように見えた。黒い髪はクルクルとウエーブがかかっている。精悍《せいかん》なあごとシャープな頬の線が、笑ったときにこぼれる白い歯と漆黒の瞳を持つ大きな目が相まって、彼をとても人懐っこく見せている。まるで南国の太陽を背負ったような人だ、とサキは思った。つかの間、ぼーっとして彼の後ろ姿を見送った。無駄のない引き締まった体が歩いていくさまは、草原を駆け抜けるヒョウを想わせた。

店の客が引けて、ふたりだけになったときにタミさんが言った。

「サキさん、今日、あの褐色の肌のお客さんをぼっとして見てたわね」

サキは恥ずかしくなって、「はい」と言いながら下を見た。

「あの人はダンサーなのよ」

「ダンサー？」とサキはおうむ返しに言った。

「この先の埠頭にスタジオがある、現代舞踊カンパニーのダンサーよ」

サキは現代舞踊という意味が分からなかった。

「たとえば、『白鳥の湖』は古典のバレエね。現代舞踊は、コンテンポラリー・ダンスって普通呼ばれてる。古典ではない、つまり形式にとらわれない自由な表現のダンスよ。私も一度見に行ったことがあるけれど、ダンサーは皆、素敵だったわ」

――ふわりと体が浮いて、夕焼け空に手が届きそうだった……。

お父さんが言った、優しさと悲しみのピナのダンス……――

輪郭のぼやけた記憶とリアルな生身の存在が絡み合う。心の奥でコトッと小さな音が鳴ったのをサキは聞いたような気がした。

タミさんの話は、父がかつて幼いサキに語った夕陽の中の思い出と交錯した。遠い国々の夢物語のような話と重なって、言葉がまるで音楽のように響いた、幼い日々。

褐色の肌のダンサーの話を聞いて以来、クッキーの中に数枚だけ特別な材料を忍ばせた。ホワイトチョコレート、ドライクランベリー、ココナッツなど、小さな一粒を外見では分からないように混ぜて、あのダンサーに手渡すのをサキは密かな楽しみにした。

朝食のときに、サキはジローにダンサーのことを話した。これまで感情表現の乏しかったサキが、時おり見せる喜びや期待を語る様子に、ジローは彼女の変化を眩しく感じた。

澄み切った空気が気持ちの良いある日の朝、ジローはみやげ舎に久しぶりに行ってみようと思った。店に行くのはエスプレッソマシンを設置して以来だった。

みやげ舎はこの街の歴史保存地区の端っこにある。

ジローはこの辺りに来ると、いつも不思議な感覚にとらわれる。数百年前に流刑者が手で刻んだ巨大な岩のトンネルが、現世と異界との境界を想わせるのだ。多くの人で賑わう店が連なる一帯は、人々の生きる活力があふれた現世であり、暗いトンネルを越えた先には、天界のような素晴らしい景観の小高い丘が続き、そこには天文台がある。そのまた向こうにあるのがみやげ舎だ。ジローにはこの構図が、歴史上の天才画家たちがキャンバスに描いてきた、生と死を立体化した絵画のように見えてしまうのだった。そんなときジローは、千明の死がどれほど深く自分の人生に影響を与えているのか、思い知らされる。

住宅街に入りみやげ舎が見えてくると、サキの姿も目についた。ひとりの客にコーヒーを渡すと、ジローが向かってくるのが分かったようで、彼女は小さく手を振った。遠目にも、彼女がジローの来店を喜んでいるのが伝わってくる。遠くから笑顔でジローに手を振るなど、以前のサキにはなかった。

「ジローさん、来てくれたのね」と言った表情は、この店で初めて対面したときとは別人のようだ。コーヒーの注文を訊いたあとで、今彼女が任されている作業を、正しい手順と真剣な表情で始めた。このようなサキを見つめていると、かつてはジローの心に存在しなかった、生きている充足感のかけらが舞い下りてきたように感じられる。手渡されたカプチーノに添えられたクッキーには、ホワイトチョコレートの小さな粒が入っていた。

「おいしいよ、サキ」

と言ったジローの顔を、彼女は嬉しそうに見た。

店内にはふたりの客がいた。ジローが中に入ると、タミさんは目でジローに微笑んだ。置かれている品々をぼんやり眺めているうちに、買い物を終えた客が店を出た。

「こんにちは、ご無沙汰しています」

タミさんに挨拶した。

「こんにちは、久しぶりね」

と言うタミさんは、いつもと変わらず、柔らかでふわりとした雰囲気をまとっている。

取り留めのない話の続きのように、タミさんがさらりと言った。

「ジローさん、この店に飾る絵を描いてもらえないかしら？　題材はとくに指定しないわ。あなたの好きなものでいい。金額は提示していただいたものをお支払いするつもりよ」

ジローはしばらく空《くう》を見て、それから店内を見回しているうちに、自分が無意識のうちにあのアルミの少し歪んだ弁当箱を探していることに気がついた。タミさんに、この弁当箱には何か特別な思い入れがあるのかと尋ねた。

「見てのとおり古いでしょう。お弁当を作った母親は、食べる子の喜ぶ顔を思いながらこさえて、子どもの方は、弁当箱を開けるのを楽しみにしていたと思うのよ。でもある日、そんな日は失われてしまった――」

ジローが初めてみやげ舎を訪れたとき、この弁当箱に目がとまり、青い夏の花を飾った画が頭に浮かんだことを思い出した。タミさんにこの弁当箱を題材にしてもよいか、そしてしばらく貸してもらえるかを訊いた。彼女はジローの申し出をあたかも予期していたように、返事の代わりに目を細めて肯いた。

ジローはティカの仕事をしながら、みやげ舎に掛ける絵を一か月後に仕上げた。

弁当箱の歪みを誇張させて輪郭をぼかし、アルミの銀色に光を当てた器は、弁当箱の形状を取り払い、見る者に自由な解放を与えている。器の中には、水の入った小さなガラスがちょこんと置かれ、凛《りん》とした佇まいの青い夏の花が一輪入っている。すべすべした丸い石を器の隅に置いた。アルミと石が青い夏の花と相まって、有機的な立体感が生まれ、水に反射する光が普遍性を感じさせる。

初夏を思わせる日に、「夏の花」と題した二号サイズの小さなアクリル画をタミさんに手渡した。このサイズとこの画風であれば、みやげ舎の雰囲気を損ねることなく、控えめな存在感を示してくれるだろうとジローは信じた。

歪んだ古い弁当箱はタミさんにとって、おそらく、永遠に失われてしまった彼女のかけがえのない過去の一部なのだろう。絵を見つめる彼女の瞳には、その大事なものに新たな命が吹き込まれた愕《おどろ》きと、喜びが静かに満ちてゆくような表情が入り混じっていた。タミさんは視線を絵に置いたまま、この石は何なのかと訊く。

「幼い頃、妹と一緒に、丸いすべすべした石を集めてました」

ジローの声には、千明と過ごした思い出への愛おしみがこもっていた。タミさんは無言で何度も頷くと、「やっと見つかった」とそっとつぶやいた。

ジローが、千明への思いを形にして、それを他人に見せ、語ったのは初めてだった。

――互いへの慈しみと哀感が込められた弁当箱に、チャキの丸い石を添えて、僕は時のない空間に永遠に放った。青い夏の花は僕とタミさんから、死者たちへの鎮魂花かもしれない。この絵を、サキと出会ったこの場所に飾れるなんて……――

ジローは「夏の花」を、過去の自分との分水嶺のように感じた。

サキがクッキーに込めた密かな遊びを始めてから、二か月ほど経った。褐色の肌のダンサーにいつもと同じラテを手渡すと、彼が言った。

「いつもおいしいコーヒーと、スペシャルなクッキーをありがとう」

突然のことにサキは言葉を返せない。

「僕はダンサーで、まだ研修生なんだけど……。三日後の日曜日の夜、ここからすぐ近くの天文台のある丘で、あなたに僕のダンスを見てほしいのです。来られますか？　僕は、あなたのスペシャルなクッキーを食べると練習がうまくいって、今度、舞台で踊れそうなのです。だから、あなたにお礼をしたい」

これは天からのプレゼントだ、という直感をサキは信じた。漆黒の瞳に、「はい、喜んで」と答えた。

「それでは夜の九時に、丘のガゼボで会いましょう。日曜日は満月です」

彼からの招待をタミさんに話すと、「とても素敵だわ」と喜んでくれた。


きれいな満月の夜だった。彼は、ゆったりとした白のタンクトップと黒のタイツを身につけ、裸足だった。音楽をセットしてから、目を閉じた。

月と星、風や空気、大地といった、彼を取り巻くすべてのものを味方につけ、一体となり、そして呼吸を合わせるように視線を彼方に向け、すっと立った。大きく息を吸い込むと、身体が静かに動き出した。上体がしなやかな弧を描き、ゆっくりと回転する。白のタンクトップが風をはらむと、鳥が羽ばたくように見える。揺らした腕の残像が月光を浴びて美しく軌跡して、サキは思わず息を呑んだ。彼の動きは野生をかぐわせ、大地にひれ伏して体を這わす。音楽が静かに高揚してゆくと、黒豹のような身体が舞い上がり、月と一つに重なった。銀色の満月に浮かんだ漆黒の影の絵に、サキは息を詰めた。ダンスは潮が引くように静かに終わろうとしていた。

彼はゆっくりとお辞儀をしてサキのもとにやってくると、膝をついて彼女の頬の涙を拭った。そして、少し踊りましょうと言って、サキに手を差し出した。ワルツのようなステップを踏み、彼はサキをくるりと廻す。ピナとつぶやいたサキに、彼は首を少し傾げて微笑んだ。月の光に照らされて、これは夢の中の出来事に違いないとサキは思った。

トラムの駅まで、ふたりは互いに無言で歩いた。サキはあふれる感動を言葉にできずに。彼は、今夜の特別な舞台で、たったひとりの観客が涙で示した喝采の喜びを胸に。反対のトラムの停車場から、彼はサキに大きく手を振った。サキは笑顔で小さなお辞儀に心を込めた。

（十七）

ある出来事を境に、すべての物事が変わってしまうことがある。己に起きたのであれば、自覚している以上に、事の結果により深く、より重く、より大きく影響されたりする。

ときには、真っ当な判断ができなくなり、自分の見たいものしか見えなくなったりもする。他人に起きたのであれば、存外に、正しい視座と冷静な判断ができるのかもしれないが――。

サキは「あの夜」以来、大きく変わった。それは表面的な言動ではなく、彼女の奥底にある小さなマグマのようなものが、ぷつぷつと音を立て始めたようにジローには感じられた。

朝食のテーブルで、サキはジローに〝月夜の舞〟の出来事を語った。内にこもりがちで、いつもは口数の少ないサキにしては、稀有《けう》な体験に心を強く動かされた様子が、彼女の表情とその口調から伝わってくる。

サキの話に耳を傾けながら、ジローは得体の知れない胸のざわつきを覚えた。何かが大きく変わってゆくような予兆だ。

誰もいない深い霧に包まれた寂しい場所に、一艘の小舟が置かれている風景が脳裏に浮かぶ。深い霧の先にあるものは、素晴らしいことなのか。それとも悲しみや、予期すらできぬ危険なことが待ち受けているのか……。

眼前の小舟をジローはひとりで漕《こ》ぎださなくてはならないのか。そのときサキはどこにいるのだろう……。自分のこんな胸の内を、サキはきっと気づいてないとジローは思う。

今のサキは、ジローが「レインルーム」で見た彼女の姿と重なっている。心の奥に抱えている叫びが、何かのきっかけで飛び出してしまいそうなのだ。サキはそのことに無意識であるようにも見えるし、あるいは自分の真の心と向き合うのを避けているのかもしれない。

ジローがティカの上に寝場所と仕事を提供されてから、二つの季節が通り過ぎていった。コージとジミーとは多くの言葉を交わさずとも、互いを信頼しているような感覚がジローにはあった。ある日コージがまじまじとジローの顔を見て、いたずらっぽく笑った。

「初めて会った頃と、ホントに顔が変わったよ。以前より笑うし、表情が豊かになったよ。感情を表に出すようにもなったしさ。僕は毎日、お客さんの顔と髪を見ているから、すぐに気がつくんだ。いい顔だ！」

そのあとで、サキにも触れた。

「この前、久しぶりにちょっと顔を合わせたけれど、彼女、雰囲気変わったね」

ジローは、「そうかな」とだけ返した。

ジローは、ティカのあちこちにある小さな修理、修繕を少しずつ行った。暖かくなると人々が好むコートヤードを、もっと雰囲気の良い空間にできないかと考えていた。そして、店の細部を見回しても、いまだに〝ETERNITY〟の殴り書きを見つけられなかった。

次の日曜日に、コートヤードに通す客がいるとジミーから告げられた。客は目が不自由な中年の女性と盲導犬で、料理はジローに運んでほしいとも。

昼間の暑気は消え失せて、屋外で食事をするには申し分のない夜だった。日没にはまだ早い、開店時間と同時にその客は店にやってきた。ジローは店の前で一組の客を出迎えて、レストランの脇の通路を抜けて直接コートヤードに案内した。彼女らの前に立ってささやかな道案内をしながら、ジローは不思議な気分になった。目の手術がなければ、もしかしたら自分もこのような人生を送っていたのかもしれないのだと……。

その客は、四十半ばから五十を少し過ぎたばかりという歳の頃の女性だった。西洋と東洋の血が混じっているような、穏やかな雰囲気の中に芯の強さが感じられる美しい人だ。

彼女が席に着くと、手に犬の水入れを持ったジミーがすぐにやってきた。久しぶりだね、と言いながら、彼女の頬に自分の頬を重ねる。「ここにケンゾーの水を置いておくから」とジローと彼女に言って、メニューと今日のおすすめを説明してからキッチンに戻った。

ケンゾーという名にジローはハッとした。この街にジローを導き、生まれて初めてジローを友だちと呼んでくれた男……。

この女性はジミーにとって大切な人で、初めてティカでウエイターを任されたのだから、とジローは気持ちを落ち着かせようとした。

「トマトと茄子とアンティチョークのピザと、飲み物はペリエで」

彼女は柔らかな声で、ジローの方を向いて言った。

夕焼け空の下で時おり吹く風が肌に心地よい。彼女のコットンのワンピースの裾が微かに揺れて、一組の客は和やかな夕べを心から楽しんでいた。

「お待ちどおさまでした」

そう言って、ジローは料理とナイフとフォークを置いた。

「ありがとう、あなたは私がとても食べやすいように置いてくれるのね」

彼女に言われ、ジローは少しためらってから話した。

「僕は小さい頃から視力が乏しくて、十代のときに手術をしたんです……」

彼女の茶色の目は虚空を見るように、ジローの顔の正面を向いている。そこへジミーがもう一皿を運んできた。こんがりと香ばしい焼き色がついたローストしたカリフラワーの上に、彩りの良いソースがかけられている。

「カリフラワーは、トリュフ風味のオリーブオイルで和えてからローストした。上にかかっているソースは、オリーブオイルと絞ったレモンをベースに、フレンチマスタードと蜂蜜をほんの少し加えて、クランベリーとエシャロット、砕いたアーモンドを交ぜている。君は甘酸っぱい味が好きだったよね。これは俺からのささやかなプレゼントだ」

そう言って微笑んだ彼の目尻の皺が何とも魅力的だった。プレゼントの一品を説明すると、ジミーは足早に調理場に戻った。ジローはキッチンで、彼女にケンゾーのことを尋ねたい気持ちを思いあぐねていた。

彼女がゆっくりと食後の紅茶を飲んでいるときに、ジローは思いきって話しかけた。

「もし、勘違いだったらごめんなさい。僕が美大の学生だったとき、ケンゾーという友人ができました。僕に生まれて初めてできた友だちです。彼は留学生でした。彼には目の不自由な叔母さんがいて、叔母さんの盲導犬の名前はケンゾーです。その友人は、自分はまだ盲導犬のケンゾーほど立派な仕事をしていないと言ってました」

彼女はしばらく沈黙したあとで、胸の中の暗がりを押さえ込むような、明るい声で言った。

「私にもケンゾーという名前の甥っ子がいました……。でもきっと、あなたのお友だちとは別人でしょう」

茜色のわずかな残照は夜の闇に支配されて、彼女の憂いを帯びた表情は曖昧《あいまい》だった。ジローとジミーは、彼女と盲導犬を店の前まで見送った。

「今夜は本当にありがとう。素晴らしいディナーだったわ」

ふたりにチャーミングな笑顔を向けて言うと、ジミーは彼女を優しく抱擁した。

その夜、ジローはケンゾーのことをずっと考えていた。彼女は確かに「甥がいた」と過去形で言った。数年前のケンゾーとの会話を、ジローは昨日のことのようにはっきりと覚えている。


――ケンゾーが十歳のとき、うごきがゆっくりとなったので、おばさんはケンゾーの引退がちかいことを感じました。それからちいさなシュヨウが見つかって、ケンゾーは手術をしました。

おばさんはある日、ひっこしをしなくてはなりませんでした。慣れた生活をうしなうことは、とてもこわかったと思います。

あたらしい土地でも、年老いたケンゾーは、りっぱなリーダーでした。バス停とお店までのあたらしい道をおぼえて、おばさんがまいにちの生活に、自信をもてるようにしました。

ボクは盲導犬のケンゾーほど、まだすばらしい仕事をしていません。ケンゾーはおばさんのヒーローです。でも、ボクはまだ、おばさんのヒーローになっていません――

――あれからもう何年も経ってるんだ。同じ盲導犬のケンゾーであるわけがない――

きっとケンゾーに再会できると自分に言い聞かせながら、ジローは眠りに落ちていった。

数日後、ジローはどうしても、ジミーにあの女性のことを尋ねる気持ちを抑えられず、開店前に訊いた。

「二年くらい前だったかな、彼女がティカに来たとき、彼女の甥っ子と彼のガールフレンドと一緒だったんだ。彼女は先住民でさ、とてもいい娘《こ》だったんだ」

「彼の名前はケンゾー?」

訝しむジミーにジローは説明した。大学生のとき、留学生のケンゾーという男と出会ったこと。ケンゾーはジローの初めての友だちで、アボリジナルのガールフレンドがいて、目の悪い叔母さんの盲導犬のケンゾーを尊敬しているように話すこと。自分がこの街に来たのも、ケンゾーの住む街を見て、彼と再会したいと思っていること――。

ジミーは遠くを見てから、ためらった息遣いを呑み込むように、「きっといつか会えるさ」とだけ言った。

客が引けて片付けが終わった帰り際に、ジローはジミーを真正面から見据えて言った。

「僕はケンゾーと会ったよ……。ゆりかごの山の麓で見た夢の中で――」

ジローを凝視するジミーのはしばみ色の瞳は澄んでいる。

「そうか、よかったな」

そう言ってから、ジローの肩をぐっと引き寄せた。ジミーの指の感触と胸の鼓動が伝わってきた。ジミーの瞳は遠い虚空を見ているようだった。


夏になると、街の景色はさらに開放的になる。乾いた気候のせいか、この街には退廃的な雰囲気がなく、ひたすら明るい。女性が肌を大きく露出した格好をしても、どこか健康的で、おおらかに見える。ジローが散歩に出かけたビーチにはトップレスの女性がかなりいた。そこでジローが見たものは、衣を取り払った人間のありのままの姿が、とても自然に風景と溶け合っていることだった。

サキがこの街に着いたばかりの頃、目が合えば、見知らぬ人から向けられる微笑みを恐怖にすら感じた感覚は、今はもう薄らいでいた。みやげ舎からほど近い天文台のある丘には、気温が上がると人々が三々五々集まって、寝そべっていたり、本を読んだり、お喋りに興じてる姿が見られる。みやげ舎に足を延ばす人も増えて、サキは冷たい飲み物も店で出せないかと思案していた。

みやげ舎のレジのあるカウンターの端に、写真展のチラシが置かれているのに気がついた。チラシに印刷されている写真の題名は「シッキム王国の人々」となっている。高くそびえる山の連なりと素朴な顔をした人々の写真がサキの目を奪った。

タミさんにチラシのことを尋ねると、置いていった人の特徴を簡単に話してくれた。サキはそこから大体の見当がついた。曜日は決まっていないが、週に一度はコーヒーを買いにくる三十代後半くらいの男性客で、コーヒーを手渡したときに、誰かと雰囲気が似ていると思った人だった。

それから次にコーヒーを手渡した後に、醸し出す雰囲気がどことなく自分の父と似ているのだとようやく気がついた。その客はコーヒーを手にする前にいつも店内に入り、奥の壁に掛けられている「夏の花」の絵をじっと見ている。

その客だけでなく「夏の花」に見入る客は思いのほか多い。絵の前で暫《しば》し佇んでいた人の多くは、絵が売りものであるかを問い、そうではないと聞くと、少なからずの人が落胆した。サキは仕事のない日に写真展に行ってみようと思った。

みやげ舎から歩いて十分ほどのところに図書館がある。写真展は図書館の一角の小さなパブリックスペースを会場にしていた。展示された写真は、東南アジアの風景とそこで暮らす人々が被写体になっている。幼かったサキが父と夕暮れ時に、廃線になった線路を歩いた時間《とき》を、それらの写真は思い出させた。そんな夜は布団の中で、父が語った果てしない遠い未知の場所をずっと空想していたものだった。

写真展の会場を出ようとするのと、写真を撮った男が入ってきたのは同時だった。サキがはっとすると向こうも気がついて、「こんにちは、見にきてくれたんですね」と声をかけた。

サキはこのまま出ようか一瞬迷ったあとで、彼に話しかけた。

「素敵な写真ですね。プロのカメラマンなのですか?」

「とんでもない、ただの趣味です。仕事であちこちに行くので、そのときに撮ることが多いです」

そう言って、「コジマ・ユースケ」と自己紹介してから、名刺を差し出した。

「小島祐介　特殊クーリエサービス」と書かれている。「特殊」な宅配便とはどのような仕事なのか、サキには想像がつかず小さく首を傾げた。小島はそれを察したように言った。

「私たちの仕事は、どのようなものでも、指定された受取人に必ず手渡さなくてはならないのです。時には危険なこともあるし、僻地に行くこともあります」

サキは小島の瞳を見ているうちに、「また来ます。わたし、サキといいます」と言って小さなお辞儀をしてから、会場を背に歩きだした。

トラムに乗って呼吸を落ち着けると、サキは分かった。


――どこか哀しみがあるような目が、お父さんに似ているんだ――


翌朝、サキはジローとの朝食時に、「夏の花」の絵がたくさんの人の目にとまっていることや、小島の写真展の話をした。すると、ジローがふいに言った。

「今度、外で食事しない？　本当はティカに誘いたいんだけど、今の状況だと、僕がレストランの仕事を抜けるのは難しいんだ」

思いがけないジローの誘いに、サキは笑顔で頷いた。

サキと食事に行く約束をした日は、みやげ舎で待ち合わせをした。閉店時間の十五分前に店に着くと、サキはエスプレッソマシンの片付けをちょうど終えたところだった。店内には近所の人らしき初老の客がいて、タミさんと話をしている。ジローがタミさんに会釈をすると、男の声が耳に入った。

「この絵はいい、素直だ。つたなさを隠そうと力んでいるところがどこにもない。丸い石は無邪気だ」

タミさんはいたずらっぽく笑って、ジローに目をやった。ジローは微かな羞恥を感じて、視線を床に落とした。すると、

「『夏の花』の絵描きさんが今、後ろにいらっしゃいますよ」

という声がした。初老の客はジローにゆっくり歩み寄ると、孫を見るようなまなざしで言った。

「いい絵です」

天文台のある丘を歩いていると、サキが立ち止まって指差した。

「月夜の晩にここでダンサーの人が踊ってくれたのよ」

懐かしい思い出を回想するような口調だった。褐色の引き締まった体が月明りの下で躍

動するさまも、それがサキをどのように感動させたのかもジローには想像もつかなかった。

とくに会話もせずに、ふたりは並んで埠頭の方に歩いて、水辺のそばのレストランに入った。サキは四種類のきのことアスパラガスのリゾットを、ジローはバラマンディの温野菜添えを選び、それにアンティパストを加えた。ティカに来る二人連れのほとんどは、すべての料理をシェアで注文することが多い。けれどもサキは、料理をふたりで分けるという考えを持ち合わせていないようだった。飲み物はふたりとも当然のように炭酸水を頼んだ。ジローもサキも、これまでレストランに入った記憶がなかった。ましてや異性とふたり外で食事をするなど、どちらにとっても初めての経験だった。

ジローは、ケンゾーという名前の盲導犬を連れた中年の女性客が、ティカで食事をした話をした。それからこれまでの自分のことを話した。千明との幼い頃の思い出や、留学生のケンゾーとの出会い。ケンゾーの絵に導かれて「ゆりかご」の山に行って、そこで見た夢のこと――。

サキと出会う以前に、彼女に似た娘がジローの夢に現れて、娘が首に巻いていたのと瓜二つのマフラーがみやげ舎に置かれていたとジローは語った。サキにはマフラーのことも、自分たちがドリームタイムと呼ばれる大地にやってきたことも、見えない輪でつながっているように思えた。

夕陽に照らされて、サキは眩しそうに顔を背けている。「席を代わろうか？」とジローが言っても凍りついたように身動きをしない。

「あるとき、『母親が五歳の長女と乳児を置いて買い物に行っている間、ベビーベッドの中で乳児が死亡。乳児のそばに置かれていた子供用の夏掛けが、窒息の原因か？』って書かれた古い新聞記事が挟まっているノートを偶然見たの……。そして戸籍を見て初めて知った。父とは血のつながりがなかった……。父は幼いわたしを連れた母と結婚して、わたしのお父さんになってくれたのだと……。父と母の間にできた赤ちゃんは……わたしの妹は……一年も生きていなかった……」

サキは忘却の彼方にひとりで行ってしまったようだった。夕陽に染まった顔は美しくも、醜く歪んでもいるようにも見え、清らかな艶が影を落としている。ジローはサキをひとりの女性として愛しているのを感じた。しばらくして我に返ったように、サキがぽつりとつぶやいた。

「でもわたしは、日菜子のことを何も覚えていない……」

気がつくと夕闇が迫り、外はすっかり暗くなっていた。

「僕が『ゆりかご』で見た夢に出てきた女の子は、もしかしたら君の妹かもしれない……。

夢の中でケンゾーが言ったふたりの女の子は、僕には千明と日菜子のように思えるんだ……。ふたりは空から逆さまになって舞い下りてくる、ってケンゾーは言ってた……」

——逆さまに……舞い下りてくる……?

サキはハッとして目を見張った。

——ピナとひな……

父が言った謎かけのような言葉の意味が分かった気がした。が、サキのつぶやきは声にならない。

サキはしばらく放心した後、独り言のように言った。

「わたしたちは『ゆりかご』の山に呼ばれているのかしらね……」

料理はまだ残っていたがすっかり冷え切ってしまい、ふたりとも口にすることができなかった。

サキと初めて会った冬の日、彼女の心の傷の深さが伝わってきた感覚を、ジローは今でも鮮明に覚えている。妹の死と母の捩《ねじ》れた苦悩はサキの心を粉々にした。部屋に戻ってから、千明のことはやはり今夜サキに言おう、とジローは思った。

「サキ、もう寝た？」

返事はないが、彼女が起きている気配をジローは感じる。

「僕は……子どもの頃から視力が乏しくて、いつかは見えなくなるって言われてたんだ。そして、十三歳のときに手術して見えるようになった……。でもそれと同時に、妹は事故で死んだって言われた……」

長い沈黙のあとで、「そっちに行っていい？」と言うサキの声がした。仕切りの布を開けて〝ジローの寝室〟に入ると、ジローの枕元で膝をついた。

「ひとりぼっちのわたしに、毎晩お父さんがこうしたのよ。おまじないみたいに」

と言って、手のひらをジローの頭に置くと、小さな子どもにするように、優しくくるくると回した。ジローは目を閉じて、彼女の手のぬくもりを感じながら、千明を喪《な》くしてから初めて人の肌に触れたことに気づいた。体の奥深くから温かなものが満ちてくる。気がつくと、サキの姿はもうなかった。

小島の写真展の会期が終わりに近づき、サキはふたたび写真を見に行った。会場はその日も閑散としていた。小島の写真からは人の心を掴《つか》むような強いインパクトは感じられなかったが、サキは写真を通して、父との思い出を追憶していたのだ。

ジローとのディナー以来、父を深く思慕している自分を知った。

物心ついてからずっと母を求め、拒絶され、いつしかそれらが母への憐れみと憎しみに絡み合い、長い間心の奥深く抑え込まれていたことに、サキは気づいた。自分の中に存在する意識の暗闇を覗いてしまったのだ。

そして少年だったジローが、視力を得たと同時に最愛の妹を失った苦しみを想像した。彼もまた、暗闇の中でもがき苦しんだに違いない。ジローには生来、ひたむきに生きようとする強さが具《そな》わっているようにサキには思えた。それは彼女の奥深くに沈殿する、何か得体のしれない濁った水を浄化させるのではないか——というほのかな希望を抱かせた。

写真展の被写体の人々に似たような容貌の若い娘が、会場の片隅に座っていた。小島が入り口に姿を見せると、彼女は駆け寄って、小島の腕をしっかりと掴んだ。「サキさん、こんにちは」と言ったきり、彼はそこに杭を打たれたように立っている。サキから歩み寄ると、娘は怯えたように小島の腕をさらにギュッと掴んで、サキを睨むように凝視した。

サキはこの娘が自分で、小島が父のような錯覚を覚えた。振り返れば、物心ついた頃から家を出るまで、父はサキの心の支えだった。とりわけ、母に階段から突き落とされて以来、この娘のように、心の中で父の腕をいつもしっかりと掴んでいたように思う。

――わたしは、母にすら父を取られたくなかったのではないか――

「また、見たくなって来てしまいました」
と言ってから軽くお辞儀をして、サキは出口に向かった。けれども、父と小島を重ね合わせていることに、サキは無意識だった。

明け方、ジローは低い唸り声のようなもので目を覚ました。朦朧《もうろう》とした頭に聞こえてきたのはサキの声だった。日の出にさしかかり、サキの寝床の頭上にある天窓から朝の光が差し込んでくる時間だ。けれども、朝陽はこれまで彼女の眠りを深刻に妨げてなかったはずだった。

数時間後に、サキが起きて朝の支度を整えたのを見計らって、ジローも起きた。
「サキ、おはよう。明け方、うなされているみたいだったけど」

とジローが言うと、
「あら、そう？」
といつもと変わらぬ様子で返事をして、仕事に出かけた。

夏の間は、みやげ舎の閉店後も外はまだ明るい。サキは仕事が終わったあとに、見晴らしの良い丘で時おり、ただぼんやりと座って過ごすのを好んだ。

ある日サキが芝生に座っていると、小島が丘を歩いているのが見えた。小島はサキに気がつくと、彼女の方に向かってきた。彼の会社がここからさほど離れていないことをサキは思い出した。写真展でも小島と話すことができず、その後みやげ舎に幾度か来たが、ただコーヒーを手渡すだけだった。

彼は開口一番に、二回も来てくれたのにお話ができなくてすみませんでしたと言った。
「『シッキム王国』って写真展に書いてあったけれど、旅行で行かれたんですか？」
「シッキムに行ったのは仕事です。それとあの写真を撮ったのは私ではなくて、双子の兄です」

小島が兄と言ったとき、サキは写真家の名前を見落としていたのに気がついた。小島はシッキム王国について詳しかった。行くのは兄であっても、僻地であり危険を予測して調べたのだと話した。

サキが父から聞いたチベット高原や雪豹の話をすると、小島はシッキムと隣接しているその地帯のこともよく知っていて、サキに物語のように話した。

言葉にならないほど美しい夕焼けが丘を朱色に染めた。幼かったサキが父と「ピナのダンス」を踊ったあのときに似ていた。サキは誰かに見られているような強い視線を感じたが、気のせいだと思い小島に言った。

「ちょっと立ってもらえますか?」

彼が立ち上がると、サキは両方の手のひらを上に向けて、

「手を貸してください」

と言う。サキが小島の手を取ると、

「ここである人が、わたしにダンスを教えてくれたんですよ。こうです!」

そう言って小さなステップを踏んだ。小島は穏やかな笑顔でサキの真似をした。ふたりが踊る真似ごとをしていたのは短い時間だった。サキは茜色の空を見ると、「ありがとうございました、またお店に来てください」と言ってトラムの停車場に向かった。それから一か月近く、サキは小島の顔を見なかった。

小島に何かあったのかと、サキは彼とまた偶然に会えることを期待して、仕事の帰りに丘に座っていた。「あの日」から一か月以上が経ち、秋はすっかり深まっていた。

ある日サキが丘に座っていると、後ろから声をかけられた。一瞬別人かと思うくらい、小島は憔悴しているように見えた。サキの横に腰を下ろすと、久しぶりですと言った声は少しかすれている。サキは彼の言葉を待ちながら、悪い予感がした。

「彼女が……あのサキさんが写真展で会った人が亡くなりました」

サキは言葉を継ぐことができなかった。

「事故……だったんです」

と、小島は深い沈黙のあとに、短い言葉すら途切らせながら言った。普通の事故ではなかったのだとサキは察した。

「いつだったんですか？」

とだけようやく口にしたが、日付を聞いてサキは愕然《がくぜん》とした。この丘で彼と戯れのダンスをした日は、サキにとって忘れられない密かな記念日だったから……。

「事故」はその翌日に起きた。あのとき感じた視線はきっと彼女のものだったのだ、とサキは直感した。

――わたしは、もしかしたら彼女が見ていることを知ってて、敢えて、彼の手を取ったのではないのか……


「おまえはまた人を殺したのか」

という声が聞こえたような気がした。ガクガクと震えが起きて、顔から血の気が引いたように見える。小島にもサキがかなり強いショックを受けているのが分かった。

「サキさんには何も関係ないですよ。大丈夫ですか？」

と言って、サキの顔を心配そうに見た。

吹き抜ける風が冷たく、日が暮れようとしている。小島はサキをうながして、近くの駅まで送っていくと申し出た。サキはひとことも話さない。尋常じゃない様子に小島は不安になり、トラムに一緒に乗った。サキは小島が隣にいることすら気づいていないように見えた。

ティカの前で立ち止まったサキに、「ここですか」と声をかけた。サキは小島がどうしてここにいるのかというような、わずかに怪訝《けげん》な顔をしながらも、形だけの小さな会釈をしてから、ティカの裏口に入っていった。

屋根裏部屋に上がってくる足音がして、「おかえり、サキ」とジローが言った。サキはぼんやりとした顔でジローを見て、何も言わずに自分の寝場所に消えた。サキのガラス玉のように生気のない虚ろな目を見て、ジローは良くない予感がした。「何か温かい飲みものの作ろうか？」と声をかけたが、そこには静寂しかなかった。

その夜、ジローは眠れなかった。体の一部が覚醒しているような中で、明け方に聞こえてきたサキの呻き声ではっきりと目を覚ました。低い声は途切れながら続いていた。仕切りの布をくぐると、サキは顔を照らす朝陽に背を向けるようにして身をよじっている。Tシャツがめくり上がり、彼女の白い肌が剥き出しになっていた。サキはうなされながら眠っている。ジローは小さな声で、「サキ」と呼んだ。

朝陽が眩しいのか、苦しそうな顔で身をよじると、体に微かな赤みを帯びた陰影があらわれた。ジローはハッとした。千明がサキと「つながる」と予言した夢の中で見た、サキの額のあざを思い出したのだ。サキのくちびるが小さく動いて、何かを言ったように見えたが、ジローには聞き取れない。

ジローは腰をかがめて、画用紙のように真っ白で平らな腹に、傷ついた小鳥に触れるようにそっと手を置いた。ジローは手のひらを通して自分の体温を伝え、サキは意識の底でそれをすくい取り、受け入れた。サキの乱れていた呼吸とジローのそれが次第に合わさり、穏やかな一つの呼吸に変わってゆく。苦悶の呻《うめ》きが消え去ると、ジローは安らかになった下腹にそっとくちびるで触れた。

朝陽を浴びた落ちることのない、悲しみのしずく。ジローは、サキの目の端に溜まっている涙をじっと見つめた。


――サキ、涙を流していいんだよ――


サキのまぶたにそっと指を置いて涙を拭うと、ジローは空間を隔てる布の向こう側に静かに戻った。サキが「お母さん……」と小さくつぶやいたことを知ることもなく。

ジローはそのあと頭が冴《さ》えて眠ることができなかった。しばらくして起き上がり、ベーカリーに向かった。注文をする前に、店員はクロワッサンを取ろうとした。ジローがハッとしてその店員を見ると、「今日は木曜日ですね」と言う。

そのとき、ジローは不意に、まだ小学生だったサキに父親が語った「サキは、旅に出る木曜日の子どもだ」という言葉を思い出した。喪失から再生に向かって旅立ってゆく娘の姿を、彼は祈りながら見送ったに違いない。彼がサキを救おうとした行為は、唯一の血を分けた愛娘を失った、彼自身の喪失への救済でもあったのだろう。サキの父親もまたその旅人なのだ。

部屋に戻ったが、まだサキの姿は見えなかった。マグカップにインスタントコーヒーを入れてお湯を注ぐと、部屋にコーヒーの香りが漂った。

仕事に出かける時間の少し前に、サキは〝寝室〟から現れた。ぐったりとした様子で、仕事に行くのは無理に見えた。「今日は休んだ方がいい」と言うジローの言葉に、サキはゆっくりと人形のように首を横に振った。ジローはクロワッサンの入った紙袋をサキに渡して言った。

「無理しないで。体調が良くないのなら、早退した方がいい。今日はティカから夕食を届けるから」

「ありがとう、ジローさん」

サキは寂しい笑顔を見せて言った。

タミさんはサキの様子がいつもと違うことに、みやげ舎に来てすぐに気がついた。その日はコーヒーの販売はしないと決めた。

「サキさん、体の具合が悪いの？」

と訊いて、サキの顔を覗き込んだとき、タミさんはサキに何か良くないことが起きたのを察した。サキの瞳は魂を吸い取られて異世界に行ってしまったようだった。午後になって仕事を早めに切り上げるようにうながすと、サキは思いのほか素直に従った。

閉店の少し前に小島がみやげ舎を訪れた。小島のやつれた様子にハッとしたが、タミさんはいつもどおりに「いらっしゃいませ」と笑顔で言った。

「サキさんは今日は？」

と訊くので、

「今日は早めに帰りました」

とタミさんは答えた。小島は何かを考えるようにしばらく視線を下に落としていたが、意を決したように話した。

昨日、サキと偶然近くの丘で会って、知り合いが事故で亡くなったと話したこと。その事故死した人とサキは、展覧会でたった一度顔を合わせただけのこと。彼女の事故死の話をすると、サキがかなりのショックを受けたように見えたので、心配になってサキをレストランティカの前まで送って行ったこと。

タミさんは小島に同情を寄せた。その女性の死で心を痛めているうえに、さらにサキのことまで心配している。タミさんが小島に言った。

「サキさんはジローさんという人と、ティカの上に住んでいます。もし気になるようでしたら、ジローさんと会われたらどうでしょうか？」

「そうですか……」

小島はそれだけ言って、みやげ舎を出た。

タミさんは夕暮れの中で、うな垂れた小島の背中が遠くなってゆくのをずっと見ていた。


サキの様子が気になって、「何か持っていけるか」とジミーに尋ねた。彼はひとこと、

「分かった」と言うと、ティカのメニューにはないサンドイッチを作ってくれた。きれいな焼き目のついたハルミチーズにローストしたパプリカとアボカドが入っている。

「ジミーがサキのために特製サンドイッチを作ってくれたよ、ここに置いておくから」

返事はなかったが、サキがいる気配は感じられた。ジローが部屋を出ようとしたとき、

「ジローさん、ありがとう……」

と、サキが少しかすれた声で言った。

サキは「あの日」の美しい夕焼けの中で、必死にすがりつこうとする悲しい視線をはっきりと感じていた。かつて憎しみがこもった指先に突き落とされ、夕陽の中で体が宙に浮

いた恐怖がよみがえってくる。

——わたしは……あの母の娘なのだ——

（十八）

その夜、ジローは仕事が終わってから部屋に戻ると、サキが少しだけサンドイッチを口にしたのを見て安心した。「サキ……」と声をかけたが、ジローの声が響いただけだった。

翌日、コージが二階からジローを呼ぶ声が聞こえた。ちょうど仕事の準備に取り掛かろうとしていた矢先だった。

「ジローにコジマさんっていう、お客さんが来ているよ」

どこかで聞いたような名前は、サキと関係があるような予感がした。コージは気を利かせて、コートヤードを使っていいと言った。

小島祐介と自己紹介した男の目には、深い哀しみと戸惑いが入り乱れているように見えた。贅肉のない体つきと話し方は、本来の彼は仕事において有能なのだろうと想像させた。それゆえに、彼の体全体からにじみ出る憂いのある様子は、彼が直面している事態の深刻さを窺わせた。小島はジローに話さなくてはいけないことがあると言った。

「私の仕事は、特殊クーリエと呼ばれています。それはどのようなものでも、指定された受取人に必ず手渡すことが条件です。危険なこともあるし、僻地《へきち》に行くこともあります。手渡したら業務完了ですから、ある意味で一方通行です。帰りは手ぶらになるのです。

私には双子の兄がいます。彼も私と同じ仕事をしていました。ある業務で兄はネパールに近い僻地に行かなくてはなりませんでした。その場所に着いたとき、緊急なことが起きてしまいました。ある女性を、どうしてもその場所から脱出させなくてはならない事態に陥ってしまったのです。すでにその手配はできていました。こちらに帰ってから、彼女を元の場所に戻すように手を尽くしていましたが、なかなか事が進みませんでした。それから半年後に兄は急死しました。彼女は兄しか頼る人がなく、それで私が兄の役目を引き受けました。彼女は私のそばから離れることを恐れてました。そして、一か月半ほど前に彼女が事故で亡くなった……たぶん、自死です――」

小島は一気に話すと深いため息をついてから、話を続けた。

「おととい偶然に、サキさんをみやげ舎のそばの丘で見かけ、彼女が事故で亡くなったことを話したんです。そのときのサキさんの様子が心配になって、それで、みやげ舎に行って、タミさんからあなたのことを聞きました」

ジローは小島の話に静かに耳を傾けた。だがどうしても腑に落ちずに尋ねた。

「お話はよく分かりました。小島さんに心から同情します……けれども、その女性とサキにどのようなつながりがあるのか……それから小島さんとサキの……」

小島は頷いてから、「そうですね」と言って、冷静さを欠いた話を認めた。

「私はみやげ舎でコーヒーを買う客のひとりです。サキさんは私の、というか実は兄が撮ったものなのですが、写真展に二回来てくれました」

彼は少しの間遠くに目をやった。

「サキさんが二回目に写真展に来られたとき、彼女と対面しました。それから一か月後くらいですが、サキさんと偶然、天文台のある丘で会ったのです。写真展に二回も来てくれたのに、きちんとお礼すら言えなかったので、少しお話をしました。サキさんは小さい頃にお父さんから聞いたという、チベット高原のことを私に訊きました。あの時の夕陽は本当に特別でした。青い空の下に見事な夕焼けがありました。さらにその下に黄金色の空がどこまでも永遠に続いていくようなのです。そしたらサキさんが手を出してくださいって……」

小島は一瞬話していいのかをためらい、ジローを見た。ジローの曇りのない瞳を見て、心が決まったように話に戻した。

「サキさんが『ここである人がダンスを教えてくれたんです』と言って、いち、に、さんとステップを踏んで、ふたりでダンスの真似事をしました。たぶん、一、二分ぐらいのとても短い時間だったと思います……。サキさんはそのあとすぐに帰りました。それから少しして彼女が私の方に歩いてきました……」

と言ってから長い沈黙があり、小島の顔が少し歪んだように見えた。

「彼女が死んだのはその翌日でした。どうやってそこまで行ったのか、車のことも謎なのですが……。何もない平原がどこまでも続く中の一直線の道路で、大木に激突して即死でした。夕陽が真っ赤な時刻でした……」

小島はジローの目をじっと見つめてから、大きく息を吐いて言った。

「正直言って、私はどこかほっとしているのです。彼女は自分の国へ帰ることを切望していた。手は尽くしてきましたが、なかなか事が運ばなかった……。私も彼女も……ある意味で追い詰められた状態にいたのです……。もしかしたらサキさんは、『あの日』のことが事故の原因と思い、それで私に事故の日にちを確かめてから、ひどく動揺したのではないかと……」

ジローは小島に心を込めて言った。

「小島さん、サキは大丈夫です。お兄さんとその女性のご冥福を心から祈ってます」

――サキは避けることもできずに意識の境界をくぐり抜けて、夕陽が照らす深い谷底に落ちてしまったんだ――

ジローは翌朝みやげ舎に行って、小島が来たことを告げた。タミさんは、サキからしばらく休みたいと連絡があったとジローに伝え、そして言った。

「ねえ、ジローさん、私にはあなたとサキさんの未来が見えるのよ」

ジローがタミさんをじっと見つめると、

「あなたにはもう、分かっているようね」

と言って、にこやかに微笑んだ。

ジローは外に出ると大きく息を吸い込んで、この店も自分の岐路だった、とみやげ舎の看板を感慨深く眺めた。すると看板の少し上に、「冥土の」と米粒ほどの小さな文字が壁に刻まれているではないか。「冥土のみやげ……」とつぶやくと、ジローは何だか可笑しくなった。深い寓意《ぐうい》を込めたいたずら書きにも見える店名に、どこか愉快な気持ちになった。

――自分は目に見えるものですら、気づいてなかった……。サキは知っているのだろうか……。「冥土のみやげ舎」と言ったら、サキはどんな顔をするだろう……

ティカに戻ったのは、昼をまわっていた。屋根裏部屋はしんと静まりかえって、テーブルに短い置き手紙があった。

――わたしが家を出たのはちょうど一年前、日菜子の月命日でした。
まだ薄暗い、夜明け前の空から、弓張月がわたしを見送ってくれました。
明日の月命日は臥待月です――

ジローは急いで飛行機の時刻表を調べた。早朝便で飛べば夕方には「ゆりかご」の山に着くことができると分かると、すぐに飛行機とバスの予約をした。明日の仕事は休まなくてはならないが、ジミーとコージはきっと分かってくれるだろう。この屋根裏部屋でサキと共同生活を送るようになってから、初めてひとりで夜を過ごすことにジローは思いあった。ひとりになった部屋には、サキの存在の重さが感じられた。枕元に置かれていたマフラーがなくなっているのに気がついた。けれども、「ヒナ――いのちのダンス」と置き手紙の裏に書かれた小さな文字に、ジローは気づかなかった。サキは自分が来ることを信じている、とジローは確信した。

＊

ジローが「ゆりかご」の山の麓《ふもと》に着いたとき、日の入りまであと二時間少しあった。

――日が暮れたら歩くことなどできない、早く行かなくては――

この場所を初めて訪れたのは、一年前だった。ジローは今、その余韻に浸る余裕もなく気が急《せ》いていて、一歩一歩がサキに辿《たど》りつくための巡礼の道のように思えた。

――僕はサキを救うために、ここまでやってきたのではないだろうか。
もしかしたら、サキは僕をチャキと逢わせるために、
ここに導いてきたのではないだろうか。
そうであれば、なんて長い道のりだったんだろう――

夜が訪れる前の薄明の空は息を呑むほどの美しさで、空の色と明るさがめまぐるしく変わってゆく。ジローはこの空をサキと並んで眺めてみたいと強く思った。
黄昏《たそがれ》の鮮やかな退場は黒い闇に引き継がれ、気がつけば夜空には無数の星が煌めいていた。すべての物象が模糊《もこ》となり、ジローは星宙《ほしそら》の中に全身がすっぽりと包まれて、浮遊しているように感じた。時間と空間が消滅し、自分の肉体すらも大気の狭間に蒸気のようにすっと消えてしまうのではないかと感じた瞬間、ジローは、すべてが儚く、愛おしく思った。

一年前に深い眠りに落ちたのと同じ場所で、ジローは腰を下ろした。うっすらと目を閉じると、前の晩のコージの親身な笑顔がふと浮かんだ。
すると、「父親になる、家族をつくる」と言う彼の言葉が、鐘が鳴るようにジローの頭

の中で響き渡った。コージの肖像画に描いた生命の息吹。思い返せば、あれはジローの心の希求だったのではないか——。


どれくらい経ったのか、時間の感覚が分からなくなってきた。サキのことを激しく思念したせいか、体が熱くなってきたように感じる。

月の明かりで、漆黒の湖面に光の道があらわれている。

月と星の輝きは辺り一面を明るく照らしている。

どこか遠いところから声が聞こえてくるような気がした。

古いボート小屋のそばで人が手を振っているように見える。これは幻視か、幻聴か。ジローは不確かな自分の感覚がもどかしくなって、流れ星が次々と弧を描いて地上に舞い下りてくる夜空を見上げた。

——僕は夢の中でここにいた。チャキはここを雨の森と呼んだ。そこにはサキもいた。
雨の森の死者たちは歳月の中で朽ち果てて養分となり、
次の時代の生者たちを支えてゆく。
いつの日か、僕も、そしてサキもだ——

目を閉じて、夜の森の匂いを深く胸に吸い込むと、ジローは生けるものたちの気配に耳を澄ました。夜の森の匂いは、視覚以外の感覚が少しずつ鋭くなっていった、幼い頃の記憶を呼び覚ます。

失われてゆく視力の中で、自暴自棄になることなく、千明と過ごした時間は鮮やかで豊潤な世界として慈しむことさえできた。千明の温かな手はいつもジローを支え、導き、そして愛することさえも教えてくれた。

そのとき突然、パシャッと静寂を破る水音が聞こえた。目を開けると、水面に波紋が広がっている。はねた魚の胴体が月光に照らされて銀色に輝き、その光輝がジローを覚醒《かくせい》させた。

生きてゆかなくてはいけない。

少女となった千明の声が、ジローに語りかける。

目を凝らすと、ボート小屋のそばに人がいた。

――縞のマフラーを首に巻いて、赤い服を着た少女と手をつないでいるのは……

サキだ！

赤い服の少女は、きっと日菜子に違いない。

サキは腕がちぎれそうなほど、全身で思いっきりジローに手を振っている。

サキの隣で白いドレスを着ている少女が、お兄ちゃんと呼んでいる。

チャキだ！――

サキは日菜子と千明に、心憎いほどチャーミングな笑顔を向けている。ジローはサキのそんな笑った顔を見るのは初めてだった。千明と日菜子も花が咲いたように明るく微笑んでいる。

その後ろに立っているのは……ケンゾーだった。

――ケンゾー、君の言うとおりになったよ。僕はあのときと違う自分になって、またここに来た。だけど……〝ピナ〟って……？

――ジロー、ボクにとって〝ピナ〟はタマシイなんだよ――

〝ピナ〟はドリームタイムのなかで、エイエンに生きているんだ――

――……ドリームタイム……　魂……　永遠に……　ケンゾー、君は……

ケンゾーの隣には、夜の闇に同化するような肌の娘が、静穏な佇まいでジローを見つめている。

そのとき、「帝国の墓場」「冥土のみやげ」という言葉が、ジローの頭に浮かんだ。

――チャキと日菜子はすでにこの世にいない……。あの女性《ひと》は小島の？

そしたら向こう岸にいるのは、皆、死者なのか？　……

それなら、ケンゾーはいったい……

ジローは悪い考えを振り払うように、頭を激しく何度も振った。

千明と日菜子はとびきり素敵な笑顔で、ジローにひらひらと手を振っている。

――サキは生きている！　僕は、サキと家族をつくるんだ――

――そうよ、わたしたち、いつか子どもを持つわ――

いたずらっ子が壮大な作戦を練り上げたときの囁き声。それはかつて聞いた、生命が奔《ほとば》しるような力を秘めたサキの声だ。

ジローは自分の空耳が可笑しくなって、「サキ!」と叫んだ。

小舟が朽ちてゆくボート小屋につながれている。

サキと、そしてジローの心の中の澱《おり》を乗せた、小舟の舫《もや》いが解かれ、放たれてゆく。

永遠に、ETERNITY ——。

〈完〉

著者プロフィール
葉月 とも（はづき とも）

東京生まれ。シドニー在住。
2015年より岸 夕夏のペンネームでアーツライターとして活動を始める。クラシックバレエから現代舞踊まで舞台公演レポートの執筆を中心に、バレエ団の芸術監督、ダンサー、バレエ学校の教師などへのインタビューや、バレエ関連のニュース記事、翻訳を手がける。執筆記事はシドニーの日系新聞、ダンス専門ウェブマガジン、芸術財団ウェブマガジンなどに掲載されている。

ドリームタイムの恋人 ～交錯する過去の罪たち～

2024年11月15日　初版第１刷発行

著　者　葉月 とも
発行者　瓜谷 綱延
発行所　株式会社文芸社
〒160-0022　東京都新宿区新宿1－10－1
電話　03-5369-3060（代表）
03-5369-2299（販売）

印刷所　株式会社エーヴィスシステムズ

ISBN978-4-286-25460-9